編集さん(←元カノ)に謀《はか》られまして

禁欲作家の恋と欲望

兎山もなか

ILLUSTRATION
赤羽チカ

蜜夢
MITSU
YUME

CONTENTS

MITSU YUME

イラスト／赤羽チカ

編集さん

(元カノ)

に謀《はか》られまして

禁欲作家の恋と欲望

プロローグ

今までのすべてのことは、今日、この瞬間に報われたと思う。

華やかなパーティー会場の隅っこで、麻衣子《まいこ》は一人肩を震わせて泣いていた。誰も麻衣子を気に留めない。誰も彼も、今日栄《は》えある賞を手にした若き作家をその目に映している。——それでよかった。それ以上のことを、麻衣子は何も望んでいない。

もうこれで人生が終わったっていい。そう思えるほど今、満たされているのは確かだけど、ふと、〝これから〟に思考がいく。これからの私たち。

「……」

麻衣子は一瞬だけ都合のいい未来を夢見てしまう。だけどそれは叶《かな》わない。きっと彼は薄々と、真相に気が付いているだろう。

震える肩に、ぱさりと何かが掛けられる。よく知っている匂いのジャケットだと気が付いて、麻衣子はゆっくりと振り返った。彼は、昔から変わらないぶっきらぼうな顔をしてそこに立っていた。

☆　受賞後の彼について

「だめ。ぜんっぜんエロくない」

麻衣子の一言目《ひとことめ》はそれだった。ばさっ、と畳に、今読み終わった原稿が広がる。

「……言うようになったねお前も」

目前には、イラッとした作家先生の顔がある。間宮和孝《まみやかずたか》。先日、恋愛小説の頂点とも言うべき賞の大賞を受賞した、次巻の刊行を心待ちにするファンを多く持つ、恋愛小説家だ。

「間宮先生、わかってます？　受賞後一発目ですよ。一番注目されるタイミングなんですから、ここでこけたらパァですよ！」

「わかってるよ」

うるさいな、と間宮はぼそっとこぼした。そんな小さな文句には、もういちいち目くじらを立てたりしない。折橋《おりはし》麻衣子は出版社の編集部に入って六年、間宮の担当になって三年が経つ。

間宮の仕事場は他の作家と同じように彼の自宅だ。一人暮らしの２ＤＫは生活空間と仕事場がきっちり区切られていて、二つある部屋のうち一部屋にはテレビやソファがあり、もう一部屋は畳で、文机にノートパソコン、ベッドだけが置かれている。

最初は大人しく傍《そば》で正座していた麻衣子だったが、彼の原稿待ちが長時間となるといつもベッドに腰をかけて上から間宮を見下ろしていた。

「俺ばっかりに時間かけてていいの？　他の担当もしてるんだろ」

「そんなこと気にしてくれるんなら気合い入れて書いてください。受賞が決まって、うちもあなたに賭けてるとこあるんです。あの日のうちにほぼ先生の専任になりました」

「へぇ」

心なしか間宮の声が笑っているような気がしたが、麻衣子の場所からでは見えない。彼は文机に向かい、麻衣子に背を向けていた。

「受賞後一作目はほんとに大事なんですから、そう簡単にはＯＫ出しませんからね」

「はいはい」

「楽しみだなぁー間宮先生の次回作どんなかなー」

「ちょっと黙ってて」

「はい」

しばらく沈黙が続いた。

二人の間には、ここ数年で数えきれないほどの沈黙が流れている。彼が原稿を進めているとき。彼女が原稿を読んでいるとき。沈黙への気まずさなんてものはとっくに感じなくなっている。それどころか、心地いい、とすら。

　カチカチと、部屋に一つだけある置時計が止まることなく仕事をする。間宮の指が断続的にキーボードを叩いたかと思うと、急にその音は止まって、しばらくするとまた再開される。今、どんなことに迷ったんだろう。登場人物が次の言葉を紡ぐのに、どんなバックグラウンドを考慮したんだろう。麻衣子は持参したノートパソコンでメールチェックをしながら、だいたいは間宮の背中を見つめていた。


　一時間ほど経った頃、間宮がため息をついて伸びをする。細い体が縦に伸びるのを見て、思い切りくすぐりたい衝動に駆られるが、我慢する。

「……疲れました？」

「ん。ちょっと休憩」

「今回なかなか行き詰まってますよね」

「ストーリーはだいたいできてるんだ」

　ぐるりと体を麻衣子のほうに向けて、間宮は返事をする。先日コンタクトデビューを果たした彼だが、原稿中は慣れた眼鏡でいるようだ。目元を意識していると、眼鏡の奥の切れ長の目に一瞬、見入ってしまう。

「ですよね。書き進まないのは描写？」

「うん。今は主人公とヒロインが初めてエッチするところ」

「おぉ……重要なシーン」

「いまいちリアリティーが出せないというか、空間がつかめないというか……」

ちら、と間宮が麻衣子を見る。一瞬の視線の攻防。作家と編集者にしては、変な空気が流れる。

「……その手には乗りません」

「まだ何も言ってない」

「小説の執筆にかまけて女子にやらしいことできると思わないでください、そんなうまい話ありませんから」

「お前のその自分のこと女子って言う図々しさ落ち着くわー」

こんなやりとりが常だった。

彼はもう一度だけ大きく伸びをして、原稿に戻る。

間宮和孝は先日、恋愛小説家にとって最高の名誉と言われる文芸賞で大賞をとった。けれど彼はデビューして三年間、官能小説を書いている。大賞をとった恋愛小説にも官能的なシーンが描かれていた。彼の書くものはただの扇情的な文章ではなく、綿密に構築されたプロットと登場人物が抱くもどかしさ、切なさが読者の心に訴えかけてくる物語。そこにぼかすことなく書き込まれた官能表現が効果的に働いて、新たなジャンルを確立している。

だからこそ、官能の描写力も彼の重要なセールスポイントだ。

「折橋さん」

「今度は何です？」

「助けて。今度はほんとにわからん。この体勢って手届くもん？」

「ちょっ」

間宮が近づいてくることを察知してベッドから立ち上がった。じり、と後ずさる麻衣子の動きは間に合わない。間宮の動きに迷いはなく、左手で麻衣子の背中を抱きとめたかと思うと、右手を腰から膝裏まで滑らせた。

「っん」

手つきに腰が震える。

「……さすがに無理かぁ。立ったまま脱がすのはなしだな」

ぱっと間宮の手が離れていく。一瞬で解放された麻衣子はよろよろとその場に座りこんだ。

「……ちゃんと何するか言ってからにしてください！　じゃないとこっちも心の準備が

「……」

「不意打ちじゃないと試させてくれないくせに」

そう言いながらまた間宮は原稿に戻る。

おとなしく原稿を書いているかと思えば、急に麻衣子で官能小説の実演を始めたりする。これだけは、三年経ってもなかなか慣れなかった。

次は必ず阻止しようと、麻衣子はベッドの上に正座して気を張っていた。それなのに文机に向かう後ろ姿は動かない。カタカタとキーボードを叩く音だけが続く。先ほどの実演で書きたいシーンはつかめたようで、しばらくこちらを振り返ることはなさそうだ。

ふと、マンションのチャイムが部屋に響く。

「たぶん司馬《しば》さんですよね？　出ていいですか？」

「あぁ頼む」

司馬は、間宮の中学時代からの幼馴染《おさななじみ》だ。

「はいはーい」

バタバタと廊下を駆けてドアを開ける。

そこには短髪の、いかにも好青年といったスーツ姿の司馬が、鍋を両手で持って立っていた。

「あ、折橋さん。こんばんはー」

「こんばんは司馬さん。どうぞー」

　そう言って司馬を室内へ招く。スリッパを出して招き入れる麻衣子の動きは自然だし、それに「ありがとうございまーす」と言って中に入ってくる司馬も慣れたものだ。

「その鍋はもしや……」

「シチューだよ。折橋さんいるかもと思ったんでちゃんと三人分あります」

「やったー！」

　司馬は、この部屋の一つ下のフロアに住んでいて、締切前は時々こうして自分と間宮の分の晩御飯を作ってきてくれていた。

　麻衣子は和室を覗《のぞ》き、間宮に声をかける。

「間宮先生ー、司馬さんが晩御飯作ってきてくれましたよ」

「あぁ」

　間宮はノートパソコンを閉じて腰を上げた。食事は仕事部屋ではとらない。テレビのある部屋に三人集合する頃には、火にかけられたシチューの良い匂いがしていた。

「折橋さん食器出してくれる？」

「はーい」

　家主の間宮以上に部屋の中を把握しているのではないか。そんな手際のよさで二人は食卓の準備をしていく。

「……なんか俺が新婚夫婦の家に居《い》候《そうろう》してるみたいだな」

「なに、妬いてるの？　和孝くーん」

そう言って司馬はおどける。麻衣子は聞こえないふりをした。


ローテーブルの辺にそれぞれ座る。ベランダ側に間宮、ソファを背にして麻衣子、キッチン側に司馬と、この配置はもう定位置になっていた。

「いただきます」

こうして三人で食卓を囲むことは珍しくない。

「シチュー美味しい〜。ほんっと司馬さん料理上手ですよねっ。見習わないと……」

「見習うとか以前に料理できないだろ」

「失礼な！　食べたことないじゃないですか！」

「じゃあ今度は折橋さんに振る舞ってもらう？」

「いやそれは……」

「はは、折橋さん目ぇ泳いでるー」

仕事で来ているものの、それは友達三人で食卓を囲むようで楽しい時間だった。

食事を終えて、司馬が洗いものをする。麻衣子はその隣で洗いあがった食器を拭いていく。洗いものが終わると司馬はコーヒーを淹れ、その間に麻衣子は間宮と仕事部屋で原稿の進捗《しんちょく》チェックをする。

「ほんとに話はよくできてますね。結末は保留として……流れはこれでいいと思います」

「そうか」

「間宮先生、本当に成長しましたよね。最初から完成度高く書いてくださるようになったし、よくこうネタが尽きないと言うか……」

「記憶と、欲望だけが頼りだよ」

「……やめてください」

そう言って麻衣子はさっと自分の身を守るポーズをして軽く間宮を睨《にら》む。間宮はそんな麻衣子を見ると面白そうに笑って、打ち合わせを続ける。

「描写は？」

「……確かに、今日気にしていたところは正直いまいちです。もう少しヒロインの心情を入れてみるのは？　動きだけの描写が続くからちょっと淡白なのかも」

「なるほど」

畳に原稿を広げて膝をつきあわせていると自然に距離が近くなる。同じ原稿を見つめていると、よく前髪同士が触れた。そんなどきどきも、仕事中だと思えば表には出てこない。

「麻衣子」

「〝折橋さん〟です」

「……」

「折橋さん、って呼ぶ約束」

何回も言わせないで、と嘆息する麻衣子に、間宮は渋々言い直した。

「……折橋さん」

「何でしょう」

「これ、今回のこの男――ちゃんとどきどきする？」

前髪が触れる距離で目が合うと、死んでしまうんじゃないかと思う。

「うん」

どきどきする、と返事して原稿を見るように顔を下げた。そうじゃなければ今、キスをしていたかもしれない。顔が更に近づいてきたと思ったのは気のせいだろうか？　開いたドアのむこうのキッチンからは、司馬の用意するコーヒーメーカーの音がする。


修正と加筆箇所を確認して、この日は解散となった。仕事部屋から出てきた麻衣子に、コーヒーカップを食器棚にしまい終えた司馬が声をかける。

「折橋さんもう帰る？」

「うん。一旦会社に戻りますけど」

「じゃあ駅まで送るよ。俺もコンビニ行きたいし」

「え、いいですよ。駅近いし」

「近いからいいの。もう暗いし送られといてよ」

「じゃあ……お言葉に甘えて」

司馬と二人、玄関で靴を履いていると奥から間宮が出てきた。何も言わず、ただ壁にもたれて二人を見ている。

「それじゃあ間宮先生。また明日来ますね」

「あぁ」

玄関で二人を見送る間宮の目からは、何も読み取れない。


司馬と並んで歩く。十二月。手袋なしには手がかじかんでつらい季節だ。

「外に出ると間宮先生の部屋がいかに快適かわかりますね……」

「ほんとにね……。俺も間取りは同じなはずなのに、和孝の家のほうが住み心地良い気がする。なんでなんだろ……」

司馬は最初から麻衣子に好意的に接してくれているように思う。害のない性格で、だから間宮も司馬とは長い付き合いなのだろうと想像している。白い歯を見せて無邪気に笑う顔は最初から好印象だった。ついこの間、少しだけそのイメージは変わってしまったけど。

「間宮先生が羨《うらや》ましいなぁー。司馬さんみたいなお嫁さんがいたら原稿に集中できますね」

「嫁ってあなた……」

「私もあんまり自分で料理しないから。ご飯作ってくれるパートナーはほんと羨ましいなって」

「俺作るよ？」

無邪気に笑う。白い歯を見せて、いつもの笑い方で。

「折橋さんの家で、毎晩ご飯作って待っててもいいよ」

「えー？　ふふふ。この流れやりすぎてもう飽きましたー」

「ひどっ」

普通なら、司馬にこんなことを言われたらどきっとしてしまうんだろう。けれどこれはもう鉄板のネタとなっていた。司馬は持ち上げ上手だ。相手が気分よくなれる言葉を、相手の許す距離感で投げてくる。麻衣子は傷付いたポーズをする司馬を笑いながら、自然に質問をした。

「司馬さんは間宮先生の受賞作もう読んだんでしたっけ？」

「勿論《もちろん》。発売日に買ってその日のうちに読んだ」

「さっすが幼馴染。どうでした？」

「どう、って……」

司馬は、言葉に迷ったようで頰をかく。

「……すごかったな。焦がれてる気持ちが差し迫ってて。読んでて引き込まれるって言うより、引きずり込まれるというか。まるで……」

何かにたとえようとした言葉が詰まって、やめる。感想を真剣に聴いていた麻衣子はその歯切れの悪さに司馬を見た。続きの言葉が出てこないらしい。

彼はしばらく黙った後、言いかけの言葉をなかったことにして口を開いた。

「折橋さんはさ」

「うん？」

「なんで和孝と別れたの？」

「……ずいぶん昔のこと訊《き》きますね」

――司馬の言う通り、麻衣子と間宮はその昔、恋人同士だった。二人が別れたのはもう五年前の話だ。

「もう時効かなと思って。当時はワケありっぽくてなかなか訊けなかったから」

「知りたい？」

麻衣子は悪戯《いたずら》に笑う。その顔に司馬はどきりとした表情を見せ、立ち止まる。

「間宮がエロ小説を書き始めたから」

「……」

緊張を見せていた司馬の顔は一気に白けた。麻衣子は構わず言葉を続ける。

「別にエロ小説を否定しているわけじゃないんです。私も編集者だし、文学の一つとして官能小説を認めています。でもですね！　考えてもみてください。自分とのことあれこれ書かれるかもと思ったら無理でしょう⁉」

「……なるほどね」

身振り手振りで力説した麻衣子に頷《うなず》いて、歩きだす。

「くだらない理由でがっかりした？」

「いや……納得できる理由で安心したよ」

「そ？」

懐かしい話をしたところで、二人は駅についた。

「それじゃあ、シチューご馳走《ちそう》様でした」

「いーえ」

気をつけてね、と手を振る司馬に、麻衣子は軽く会釈をしながら手を振る。会社に戻ったら、今日の間宮の原稿の直し部分をもっと時間をかけて考えよう。頭をこれからのことに切り替えて、麻衣子は改札をくぐり抜けた。

☆　編集さんの失敗キス

次の日、麻衣子は間宮の家を訪ねチャイムを鳴らしたが、応答がなかった。

「……え？」

自分は確かに、「また明日来ますね」と言ったと思うのだが。

思い直してもう一度チャイムを鳴らしてみる。

「…………ええ？」

やはり応答はない。コンビニにでも行っているのだろうかと、電話をかけてみる。

「……」

繋《つな》がらない。

（この手だけは使いたくなかったけど）

麻衣子は〝間宮〟の表札をはずし、裏に隠れていた合鍵を取り出す。隠し場所は五年前から変わっていなかった。

手に入れた合鍵を使って部屋の中に入ると電気が消えていて、あぁほんとに留守なのか、と思いながら中を窺《うかが》う。それなら無断で入るのはよくないと引き返そうとした時、仕事部屋のドアが開いているのが見えた。中を覗くと、間宮が眠っていた。

「……」

いや、寝てるんかい。それもすぐ傍にベッドがあるにも関わらず、文机から後ろに倒れる姿勢でそのまま眠っていた。この寒い冬の日に何も掛けず、暖房だけがんがんに効かせて。

蹴り飛ばしたい衝動に駆られたが、文机のノートパソコンが起動していることに気付き、スクリーンセーバーを解く。切り替わった画面には原稿が映しだされた。

「……」

ざっと目を通すと、中身は昨日のものからだいぶ変身を遂げている。じっくり読もうと、眠っている間宮をそのままにパソコンに前のめりになる。暗い部屋でしばらくディスプレイにかじりついていた。

「……よくなってる」

格段に。昨日最後に確認してから、一日も経っていないのに。あの後寝ずに直したんだろうか。

嬉《うれ》しさがこみあげてきて、まだ眠る間宮の肩に触れて揺り起こす。

「先生」

うーん、と眉間に皺《しわ》がよって、それからまた寝息。

「先生ってば、ねぇ」

しつこく肩を揺らし続けるとうっすらと目が開いた。先ほど眠りに落ちたばかりなのか、目の下にクマができている。

「……あれ？　麻衣子だ……」

「折橋さんでしょ」

「折橋さんだ……」

言い直して、伸びをした。覚醒《かくせい》。それでも間宮は畳から起き上がらない。

麻衣子は彼の顔の近くに手をつき、上から見下ろす。横から覗き込んだ顔はぱちくりと瞬きをして視線をそらした。

「原稿、頑張りましたね」

「あぁ……うん、すごく」

「ちょっと感動しましたよ」

「もっと褒《ほ》めてもいいんだぞ」

そう言うくせに顔はもう、褒められてちょっと喜んでいるからかわいい。そこで麻衣子は思うのだった。自分の夢は、もう充分に叶っている、と。

上から見下ろす麻衣子の長い髪の毛先が、間宮の頬にあたる。

「ちょっと。髪の毛刺さる。痛いって」

「はは」

彼は自分の顔にかかる麻衣子の髪を鬱陶《うっとう》しそうに払う。抗議の声をあげながら、間宮はそこで今日初めて麻衣子の目を見てはっとした顔をする。その顔に愛しさを覚えた。——受賞後も真摯《しんし》に書き続ける彼の姿勢が嬉しくて、ハイになっていたのかもしれない。

麻衣子は思わずキスをしていた。

「……」

「……」

そっと唇を離すと間宮は、目を見開いて心底驚いた顔をしている。

「…………何これ?」

「…………何でしょうね?」

言いながら麻衣子も心底驚いていた。こんなことは担当について三年間、一度も、なかった。

「麻衣子」

名前を呼ばれても困る。

「——それは、ひどいんじゃないか?」

「っ」

離れようと動きだした時にはもう間に合わなくて、ぐっと首の後ろを抱き寄せられ、ま

た顔が急接近する。手のひらでは支えきれず片肘をついた。無理やり唇を奪われて、今度は麻衣子の思考が真っ白になった。

暖房の効いた部屋で、急激に上がる体温に肌が汗ばむ。部屋の照明が畳に影を作っていた。

別れて、再会してからの間宮との付き合い方は完璧だったと思っている。お互いに、思い出話で感傷に浸ることも、未練を見せることもしなかった。かつて付き合っていた事実などまるでなかったかのように、二人は一から作家と編集者の関係を築きあげた。昔の馴れ合いを許さない空気を、麻衣子が意識してつくってきたのだ。仕事の都合上二人きりになってしまう時間はあったけれど、作家と編集者の一線を越えたことはない。ただ、間宮が麻衣子のことを名前で呼んでしまう癖だけが、いつまで経っても抜けなかった。

キスをしてしまった後のことは、よく覚えていない。間宮は口を吸ってなかなか放してくれず、やっと解放されたところで麻衣子は走って逃げてきた。キスの合間に、頬や首筋を撫《な》でられたような気がする。それも後から感触が残っているような気がしただけで、確かではない。

「珍しいな折橋。今日は間宮先生のとこじゃないのか」

「……編集長」

デスクで一人反省会を開いていた麻衣子に話しかけてきたのは、麻衣子の所属する編集部の編集長、倉田正臣《くらたまさおみ》だった。麻衣子はふっと屈託なく笑って見せる。

「今日も詐欺的な格好よさですね！　もう五十歳だなんて見えな～い」

「……ほんとに怖いもん無しだなテメェは」

麻衣子はこの人にイラッとした表情をさせることが、編集部の中の誰よりも得意だ。

「髭《ひげ》を生やされてはいかがですか？　そのほうがきっと貫録ですよ」

「いーや絶対お前の言う通りにはしないね」

「ですよね！　編集長ってば絶対私が言うのと真逆をいくから、タイプと真逆を言い続けたらすっかり私好みになりましたよー」

「んなっ」

倉田の整った顔が憤怒《ふんぬ》で歪《ゆが》む。麻衣子はずっとにこにこしていた。わかりやすい人が好きだ。笑顔を絶やさない麻衣子を前に、倉田はこれ以上反応しても楽しませるだけだと怒りを鎮める。

「間宮先生と何かあったのか」

「いいえ何も」

「即答するところが怪しい。いつもなら勿体《もったい》ぶってさも何かあったみたいに振る舞うだろ」

「……」

普段の素行《そこう》が悪いというのも考え物で。

「折橋、お前まさか、ここにきて先生と元サヤ……」

「ないですないです」

大丈夫ですから、と若干食い気味に倉田をなだめる。

「そんなことにはなりませんし、次回作も最高の一品に仕上げてもらうので心配しないでください」

「そうか。俺は別に売れる作品さえ書いてくれたら、お前らが元サヤだろうが泥沼だろうが構わないんだけどなぁ」

「いーえ。彼の作風にそんな中途半端なものは似合いません」

「……そーですか」

麻衣子がきっぱり言い放つと、倉田はつまらなさそうに自分の席へと戻っていった。

さてどうしたものか。

麻衣子は決めた。あのキスは、なかったことにしてもらおう、と。それもなかったことにしてくれとお願いするのではなく、こちらがさもなかったこととして振る舞うことで、察してもらおうと。一番ずるいパターンのやつである。でも自分たちはずっとそうしてきたので、難しいことではないと思っている。

「間宮先生、原稿見せてください！」

何食わぬ顔で間宮の家を訪ね、何食わぬ顔で打ち合わせを始める。

「麻……」

「昨日読んだ原稿、序盤の描写は良くなってましたけどその他はこれからですよね？　吟味していきましょ！」

「……あぁ。印刷するからちょっと待って」

最初こそ間宮は戸惑っていたが、すぐに合わせてきた。皮肉にも、長年の付き合いがなせるわざだと思う。麻衣子もなるべく間宮の唇からは目をそらした。

印刷した原稿をしばらく黙って読み込んで、麻衣子からしゃべりだした。

「本当に最近、めっきり性描写苦手になりましたねぇ……」

「自分でもそう思う」

ペンを握りながら頭をかいている間宮は、真剣に作品に悩む作家の顔だ。その顔を見ると、麻衣子はいつも気が引き締まった。編集者としての解決策を出すべく、思考を働かせる。

「……そそられる描写って、妄想力っていうか、欲求が創り上げると思うんです。満たされなさとか、飢えが原動力になるというか」

「わかる気がする」

「うん。それで言うと間宮先生、満たされてるんじゃないですか？」

「……は？」

麻衣子は自分の顎に手を当てて、思案しながらしゃべる。

「そうですね、脱稿《だっこう》まであと二ヵ月か……。じゃあ二ヵ月」

「おい」

麻衣子が出した解決策は、いたってわかりやすいものだった。

「二ヵ月間、風俗禁止」

「異議あり」

間髪入れず、間宮はまっすぐ上に手を伸ばす。

「そもそも風俗に行ってる前提になっていることが解せない」

「行ってないんですか？」

「……」

「彼女もいないのに？」

「……」

　間宮にいま現在、彼女はいない。それはここ最近、ほぼ毎日彼の部屋に出入りをしていれば嫌でもわかることだ。部屋に女性の痕跡を見つけたこともなければ、間宮が女性と連絡をとりあっているような場面も見たことがない。ならばいい年齢の男性が、そういうお店に行っていないわけがない、というのが麻衣子の結論だった。

　当たり前のことだと麻衣子は思うのだが、間宮は何かが気に入らないらしい。とても不機嫌な顔をしている。

「麻衣子さぁ」

「何です。……違う、間違えた」

　下の名前で呼ばれたのにうっかり返事をしてしまった。

「いい加減、折橋さんって呼ぶ習慣を……」

「逆に訊いてもいい？」

「……それはこうやって壁際まで追い詰めなきゃ訊けないようなことですか？」

　近いってば、と麻衣子が両手で突っぱねようとしても、その両腕を握られて力は拮抗《きっこう》する。もう少し間宮が力を加えたら、簡単に負けてしまうだろう。壁に追い詰められた姿勢で、麻衣子はそっと間宮から目をそらす。嫌でも昨日のキスを思い出した。昨日から。もしかしたらもう少し前から。二人の関係は、ちょっとだけ変だ。

間宮は麻衣子の両腕を握ったまま話を続ける。

「風俗には行ってないよ」

「……嘘ばっかり」

「この際信じてくれなくたってどうでもいいんだけどさ」

「なっ」

あんまりな言い草にかちんときて、麻衣子は視線を上げた。ぶつかった間宮の視線は、やけに強い。

「麻衣子はそんなこと言うけど。もし俺が、〝毎晩のようにお前で抜いてるから溜まってないよ〟って言いだしたらどう思うわけ？」

「はっ……⁉」

麻衣子の声は裏返る。そして一瞬遅れて、顔が発熱する。

「ヒかない？」

「っ、ヒくとかそういう問題じゃ」

「まぁそれで満たされるわけがないんだけど」

この部屋で一人、麻衣子を思いながら自身を慰めている間宮を想像してしまう。とても目前の当事者とは目を合わせていられない。

「満たされたいよ」

甘い声で囁《ささや》かれて、腰が浮く。頬に口づけを落とされる。詰められた距離で体は密着していて、かつてこの体に抱かれていたことを意識せずにはいられない。昔よりも大人になった骨格が、男の子ではなく男性を思わせた。麻衣子は切ない気持ちをこらえて、視線を下げて答える。

「……だめ。だめです。私たちもうとっくの昔に別れてるし、そういうのは……」

「麻衣子」

「ん……」

昨日触れた唇が、今日も麻衣子に触れている。間宮はキスが巧《うま》かった。決して強引なわけではないのに、舌を入れられると動きを合わせざるをえなくなる。相手を黙らせるキスを知っている。魔法が解けていく。そんな気がした。

下唇をつけたまま至近距離で彼は問う。その顔には余裕がない。

「じゃあなんで昨日キスしたの？」

「……それは」

それは麻衣子にもわからなかった。本当に、つい、としか言いようがなかったのだ。何も深く考えることなく、ただただ衝動的に口づけていた。

「……ごめん、わかんない」

「麻衣子」

「折橋さん、だってばっ……！」

口づけられながらシャツのボタンをはずされていく。流されている、と自覚する思考ごと溶かされていく。壁に押さえつけられながら首筋に唇を這わされて、麻衣子は徐々に抵抗をなくしていった。間宮はそれを感じとって笑う。

ついに、両腕が自由になった麻衣子が、間宮を抱きしめた。

「……ん？」

腕を緩めた麻衣子は両手で間宮の頬を包んで、見つめあう。頬が熱い。きっと真っ赤になってしまっているだろう。間宮の口づけを受け入れるかのように少し口を開いた。ふ、と笑った間宮が舌を出す。麻衣子は間宮の舌を受け入れる……………フリをして。

「っ!!」

頭突きをお見舞いした。

あまりの衝撃に頭を抱える間宮をよそに、麻衣子はさっと立ち上がって乱れたシャツを正す。

「いいですか間宮先生」

きりっとした顔をするが、額が痛むので片手で押さえながら涙目になって、麻衣子は宣

言する。

「編集者相手に欲情しないでください。もちろん私以外にもです」

それだけ言い放って部屋を出ていった。

「あ、折橋さん」

玄関を出たところで司馬と鉢合わせる。まともに会話できる気がしなかったので会釈だけして横を通り過ぎた。不思議そうにしていた彼は、後で間宮を問いただすだろうか。間宮は、何と答えるだろう。


司馬は買ってきたスーパーの袋をテーブルに載せると、仕事部屋の間宮に声をかけた。

「和孝ー。折橋さん帰ったの？　すごい勢いで走っていったけど……」

「……司馬。悪い、ちょっと冷感湿布買ってきて」

「はー？　え、どうした、でこ腫《は》れてる……」

「ってぇ……」

麻衣子の額の痛みは一日でおさまって、間宮の額には三日間湿布が貼られることとなった。

――あきらかに自分が悪い。あれから数日、麻衣子は反省していた。五年の沈黙を破って先にキスをしてしまったのは麻衣子のほうだ。だけどそれにしたって、あんなに彼が積極的になるとは、思わなかったのだ。

確かに自分から手を出しておいて、すみません触らないでくださいと言うのはひどいかもしれない。顔を合わせるのが気まずくて仕方ない。だけど彼女は編集者であり、彼は作家だったので、仕事をしないわけにはいかないのである。

麻衣子は迷った末、携帯に登録している番号へとかけた。

「……もしもし、司馬さん？　突然お電話すみません。今日、お暇ですか？」

司馬圭一郎《けいいちろう》。間宮の幼馴染である彼と麻衣子が最初に出会ったのは、もう七年も前になる。当時、司馬は間宮と同じマンションではなく実家にいたので、今みたいに間宮の部屋で顔を合わせることはなかった。間宮に彼女として紹介されたときを含め、大学時代に彼と顔を合わせたのは数えるほどしかない。そのとき司馬はただの好青年だった。無邪気で裏表のない好青年。だからその当時麻衣子は、司馬のことがちょっとだけ苦手だった。

「……折橋さん、和孝となんかあったでしょ」

マンションの前で待っていてくれた司馬は出会い頭にそう言った。

「えー？　ないない。五年間なんもなかったんだから今更何も起こんないですよー」

「本当に何かあったんだね……。いつもの折橋さんなら面白がって話盛るのに」

「……」

倉田と同じことを言われ、麻衣子はあらためて普段の自分の素行を反省する。

「なんかあった、というほどのことでは……」

「……まぁ詳しくは訊かないけどさ」

「ははぁ、すみません」

司馬は優しい。この距離の取り方を、間宮にも見習ってほしいものだ。そしたらどんなに楽だろう、と考えてから思う。

（違うか）

間宮はなんだかんだ、ずっとうまく距離をとってくれていた。あっさり破ってしまったのは自分のほうだ。きゅっと胸が苦しくなる。

はぁーと司馬の吐いた息が、白くのぼる。麻衣子は司馬を見て、ときどき思う。この人が間宮に抱く感情について。彼にとって、間宮は何なのか。だいぶ長い付き合いになるけれどまだつかめていない。

麻衣子の視線が気になったのか、司馬はこちらを向いた。

「……この間、なんで別れたのかって訊いたじゃん？」

「はい」

考えを読まれたのかと、どきりとする。

「もう一個ずっと不思議なことがあったんだよね」

「なんでしょう？」

「折橋さん、なんで和孝と付き合ったの？」

その質問に、麻衣子はぴくりと反応する。

なるべく不自然じゃないよう、いつも通りを心がけた。

「……なんで、って。好きだったから、以外ないじゃないですかぁ」

やだな司馬さんってば、と茶化す言葉は間に合わない。

「いや……」

司馬の顔に他意はなさそうに見える。彼の言葉は続く。

「意外だったんだ。今でこそ和孝は、イケメン恋愛小説家とかいってもてはやされてるけど、大学の頃のあいつは地味で目立たなかったし。前髪も長くて分厚い眼鏡かけてたから顔もよくわかんないしさ。根暗だし。でも折橋さんは美人で、頭もいいし愛想もよかった」

「どうしたのベタ褒めして！　照れます！」

「折橋さん結構計算高いでしょ」

「……」

思わず黙ってしまった。一瞬前の浮かれた返しが馬鹿みたいになる。

「その当時、何が目的だったんだろうなってずっと」

不思議だったんだ、と司馬は、あくまで他意のない声で言う。

「……ひどいなー」

麻衣子のそんな言葉は、白い息とともに消える。司馬は少し笑って、行こうか、と言うとマンションへと入っていった。


五年前に終わった間宮との恋は決して美しいものじゃない。美しいどころかきっと、本当のことを聞いた人に後味の悪さを残すだろう。司馬は気付いているのかもしれない。あのときあそこにあったものが、恋なんて綺麗なものではなかったことに。

★編集さんの回想1　根暗男子を誘惑したら

　麻衣子と間宮は、大学の文芸部で知り合った。大学三年の当時麻衣子は部長をしていて、間宮はたまに部室に顔を見せる一学年下の幽霊部員だった。

　ある日の放課後、部室で麻衣子が一人残って部誌の編集をしているときに、その幽霊部員は現れた。

「……珍しい」

　手元から顔を上げて、麻衣子はただただ驚いた顔をする。それもそのはず。一年生の頃から在籍しているはずの間宮を部室で見かけたのは、たぶん、三回目くらい。彼の入部からもう一年は経っている。部室で二人、という状況もこれが初めてだ。

　部室に入ってきた彼は変わらず無愛想で、麻衣子と目を合わせもしなかった。

「……どうも」

「今日活動日じゃないよ？」

「知ってますよ」

「もしかして編集手伝いにきてくれたの？」

「違います。静かに本が読める場所を探しにきただけです」

「なんだ」

間宮は製本作業をする麻衣子を尻目に、部室の奥にあるパイプ椅子に深く腰掛けて、鞄《かばん》から文庫本を取り出した。

「何読むの？」

「教えません」

「えぇ……」

間宮はもう反応を示さず、黙々と本を読みふける。麻衣子も早々に諦め、黙々と作業を進めた。さらっと髪をかきあげ、耳にかける。折橋麻衣子は清楚《せいそ》で、派手ではないが美人だと密かに人気を博していた。髪を耳にかける仕草を間宮が本の隙間からちらっと覗く。その視線を感じる。

「間宮くんてさ」

「……名前知ってるんですか」

急に名前を呼ばれて間宮は少し驚いた声を出した。麻衣子は紙を折る手元から視線をはずさずしゃべっていたので、驚いたその表情は見えなかった。知ってるわよ、と麻衣子は笑う。

「あなた、部室にはまったく来ないけど、部内誌の原稿は絶対に落とさないよね」

「……」

「性格とか全然知らないし、正直顔しか知らなかったけど、原稿読むとどんな人かってわかる気がする」

「……」

間宮が何も言えずにいると、そこでやっと麻衣子は顔を上げる。爽やかな顔で、ふわっと微笑んだ。

「意外と情熱的なのよね、きっと」

視線が交錯《こうさく》する。――この時だ。間宮が折橋麻衣子に恋をしたのは、恐らく、この瞬間。

厚い眼鏡と鬱陶しい前髪に隠されていたから、麻衣子にその表情は見えなかったけれど。

この瞬間に違いなかった。


これがもし少女漫画で、今のワンシーンが意図的に仕組まれたものだと知ったら、大方の読者は白けてしまうだろう。仕草も言葉もすべて計算で、この放課後に部室で二人になることすらお膳立てされたことだとしたら。この日麻衣子は部員を早々に全員追い出し、同級生には図書館で、空き教室で、ことごとく間宮の読書を邪魔するように頼んでいた。

加えて髪をかきあげる仕草を、麻衣子は自宅の鏡の前で研究しつくしていた。

——だから、これはそういう話なのだ。

甘酸っぱい青春の一ページだとか、そういう類《たぐい》のものではなくて。折橋麻衣子の打算に満ち満ちた計画が、完遂《かんすい》に向かうまでの物語。

この部室でのひと時を境に間宮と麻衣子は、部室の外でも時間を共にすることが増えた。学食で一緒にお昼を食べたり、昼下がりには講義をさぼって芝生で寝転び、好きな作家の話をしたりした。〝折橋が男といる〟という噂はたちまち学内に広まり、間宮は見知らぬ学生からもガンを飛ばされるようになる。

中には傍に麻衣子がいても構わず、すれ違いざま間宮に文句を言う学生もいた。

「なんでお前なわけ？　だっせぇのに」

「……」

間宮は特に言い返さなかった。傍にいた麻衣子は小さな声で〝私は気にしないから〟と言った。

またある日は二人きりの部室で、それぞれ読書をしていた。お互いに深く踏み入らないけれど、そこに存在は認めている。沈黙が心地いい空間。

ふと思い立ったように、麻衣子は言った。

「私ねぇ」

「……なんですか」

間宮は文庫本から顔を上げずに返事をする。

「間宮くんの傍が一番落ち着くな」

そんな殺し文句で心の距離を縮めていった。

「そりゃどうも」

彼は愛想のない返事ばかりしていたけれど、内心はそうじゃないとわかっていた。自分に向けられる好意に戸惑って、疑って。でもその内どうでもよくなっていく。耳触りの良い言葉に、どっぷりと沼の中にはまっていくような感覚。彼の気持ちは手に取るようによくわかる。


努めて思い出を重ねていけばあっという間に恋は育つ。思ったよりも早く、その日はやってきた。

その日、麻衣子は間宮から部室に来るよう呼び出しを受けた。〝話したいことがあるんですけど〟と、用件だけのメールがきたとき、麻衣子は教室で人目から隠れてガッツポーズをした。

放課後、部室に行く前に化粧室に寄って念入りに化粧直しをする。あくまでナチュラルに。けれど涙袋とグロスには気合いを入れて。ふわっと毛先にゆるいパーマをかけた髪をなびかせれば清純な乙女は完成する。水色のパフスリーブのトップスに、ハイウエストの真っ白なスカート。揺れるピアス。計算高い女の本性を、清楚なファッションはまるごと包み込んで隠してくれる。

準備万端で部室の前。一呼吸置いて、口角を上げる。何も知らない無邪気な表情をつくった。ガラリと戸を開ける。

「間宮くん？」

開けるとやはり部室には一人しかおらず、彼は窓際に立っていた。西日が赤い。ワックスで綺麗に磨かれた床はつるつるとしていて、夕日を眩《まぶ》しく撥ね返していた。細かなほこりがキラキラと光る、静かな空間の中。

「話したいことがあるって」

「はい」

彼の顔はいつもと同じポーカーフェイスだった。その心臓は今どれだけ跳ね上がっているんだろう。胸に手を当てて確かめたくなる。そんなことを考えているなんて微塵《みじん》も感じさせない笑顔で、彼に近づいた。残りわずか一メートルで間宮が口を開く。

「折橋先輩」

「なぁに？」

「好きです」

「……え？」

驚いた声を出した。だけど内心はいたって冷静だった。――簡単すぎる。少し隙を見せて、相手に特別感を与えるだけ。それだけのことで、人の心は簡単に手に入ってしまう。

間宮の顔はポーカーフェイスだったがいつになく真剣で、いつもより格好良く見えた。

「付き合ってください」

「……うん。よろしくお願いします」

照れた顔をして微笑む。思い描いた通りのシナリオが進行する。順調すぎて怖い。そっと間宮の手を取った。


――唯一予想外だったことを挙げるとすれば。

「…………え？」

麻衣子から手を握ったから、てっきり間宮は照れて、ぶっきらぼうな顔を赤くするだろうと、そう決め込んでいた。しかし実際のところ今、麻衣子は、机に追い詰められて彼の両腕の中に閉じ込められている。なに。なにこの状況。なにが起こった！　自分の体を包む体温と、思いのほか厚い胸板に戸惑っている。

間宮は言った。

「いいでしょ？」

そう言って、麻衣子を腕の中に閉じ込めたまま首筋に唇を落としてくる。

「い、いいでしょって間宮くん」

早すぎる展開に焦る。やけに熱い唇が首を這って、反射的に唇から逃げるように首を伸ばすけれど、彼はきっちりその動きを追ってきた。

「……先輩、良い匂いがしますね。甘い……食べたくなるような」

「か……嗅《か》がないで！」

それはさっき振りかけたヘアミストの匂いです！　と言わなくてもいいことを打ち明けそうになった。自分は何を動揺しているんだろう？　遅かれ早かれこうなることも、麻衣子の計画の内のはず。……でもそれにしたって早すぎた。

間宮は唇をすべらせるだけのことに飽きたのか、ちろちろと舌先でうなじを舐める。びくっと反応した体を彼がぎゅっと抱きしめた。麻衣子は立ったまま、身動きが取れずに。

「ここっ……部室っ……」

「構いますか？」

「当たり前でしょっ」

「俺は構いません」

「こら！」

　じたばたと抵抗しても片腕で簡単に制御されてしまって、力あるなぁ男なんだなと変なところで感心してしまう。間宮はもう片方の手で眼鏡をはずした。そしてその鼻先を、麻衣子の鼻先とこすりあわせた。それに照れながら麻衣子は思う。こんなの自分の知っている間宮じゃない。

「……眼鏡」

「うん」

「はずしたの、初めて見た」

「そうでしたっけ？」

　彼はもっと地味で、女子と接するのに慣れていなくて、女の子の扱い方も知らなくて。自分がこれから一つずつ、教えていくんだと思っていた。それが。

　彼ははずした眼鏡を、並んだ長机の端のほうに置いた。まだ麻衣子を抱いて離さない腕と、上から見下ろす瞳に、本気なんだと悟る。

「私の神聖な部室でっ……」

心臓がバクバクいっていた。この時の気分はさながら捕食される寸前の小動物のよう。これから、本当にやっちゃうんだろうか。ここで？　そんな緊張感に襲われていた。懸念点が一つ。折橋麻衣子には、男性経験がない。

ブラウスの中に忍び込んだ大きな手が麻衣子の横腹を撫でる。自分のものじゃない意思を持った手が触れる感触にぞくりと背筋が震える。少しだけ怖がる体が、その手をブラウスの中から追い出そうと奮闘した。

「せんぱ……」

間宮は言いかけて、やめる。

「麻衣子」

「っ」

突如名前を呼ばれて、頭が真っ白になった。ブラウスから大きな手がするりと抜けていったかと思うと、両手で頬を包まれる。手のひらの高い温度が心地良くて、うっかり目を閉じてしまいそうだ。

「……そんなほだされた顔して」

そんな顔してない。反論したかったけれど何も言えなかった。眼鏡をはずした瞳に吸い込まれる。初めてちゃんと見る間宮の顔。

「あなたってほんとに、眼鏡とると……」

「意外と整った顔してるでしょ？　知ってます」

「……いちいちむかつく」

「むかつく？」

「やだっ、聞き間違いだよー。いちいち、身を突くくらい格好いい♡」

「……」

〝まさかこんなキャラだったとは〟と衝撃を受けたものの、それはお互いさまだった。間宮だって、麻衣子が清楚で純粋な女を装う裏で、こんなにもあざとい考えで動いているとは思いもしないだろう。それにしても〝身を突くくらい格好いい〟ってなんだ。自分の誤魔化した言葉の歪《いびつ》さに、心の底から動揺していることを思い知らされた。

「口閉じて」

「ん」

キスする瞬間ぎゅっと目を閉じた。これから起きることを思うと、目を開けていられなくて。そっと机の上に押し倒される。次の瞬間、下着の上から触れられた。脚の間が熱を帯びて、声が出る。

「ん、やぁっ……」

下着を足首まで引き下ろされると、熱く硬いモノを入り口に擦りつけられた。一瞬の出来事に息を飲む。……怖い！

「ちょっと待って！　そんな、いきなり入らな……ああっ！」

「っく……」

——入ってきた。想像のつかないこれからに麻衣子は体を強張《こわば》らせた。信じられないほどの質量でみちみちと麻衣子の中に埋まっていく間宮のモノは、熱く、麻衣子の中のまだ誰も辿りついたことのない膜をひと思いに突き破る。ぎゅっと間宮の体を強く抱きしめて……何事もないように堪えようとしたが、とても堪えられる痛みではなかった。間宮も気付いたようで、中に埋めていた自身を、麻衣子を気遣うようにゆっくりと半分抜き出す。お腹の中の圧迫感が和らいでいく。

麻衣子はあまりの痛みに演技も忘れ、半泣きで言った。

「っ……ばかっ、痛いよ……」

「ごめん」

謝る間宮は、麻衣子が初めてだとは思わなかったのか少し驚いた顔をしていた。それから自分がしたことを申し訳なさそうにして、全部を引き抜こうとした。

「あ、だめっ」

「え？」

思わず制止の声が出た。不思議なことに、引き抜かれてしまうのは嫌だった。予想以上の急展開に戸惑ったし、死んでしまうかと思うくらい痛かったのに。それでも自分の中にいる間宮が出ていってしまうのは、なんとなく嫌で。

気付けばきゅっと間宮の背中に爪を立てて抱きしめ、言葉にしていた。

「やめないで」

言われた間宮はぴくりと麻衣子の上で体を揺らし、困った顔をした。そして、迷った末にゆっくりと腰を動かしはじめる。

痛みはあった。それでも間宮が、頬に、額に、耳の裏に。慈しむようなキスをたくさんしてくれたから、段々痛みは気にならなくなっていった。たまに見つめあってキスをすると、ふ、と優しく笑う間宮の顔にきゅっと胸の奥を絞られる。痛みと入れ替わるようにして波のように押し寄せる昂《たかぶ》り。何度も間宮のモノで擦られた場所が、ジンジンと甘く疼《うず》いていく。麻衣子は気持ちよくなっていることに気付かれたくなくて、声を押し殺していたが、それももう限界だった。

「っ、ぁん……あっ、あっ……」

「……あー……」

間宮が味わうような、噛みしめるような声を出すから恥ずかしくてたまらない。気遣うようにして緩やかに体の中を突かれながら、思う。これ、自分の勝ちってことでいいんだろうか？　それにしては彼にうまくしてやられたような気がする。

何も知らない彼に、自分が手取り足取り一から教えていずれは食ってやろうと思っていた。それなのにこんな風に部室で抱き合ってしまって。しかもそのエッチが、初めての自分でも確信するほど極上だったなんて。

麻衣子の計算ずくの振る舞いが功を奏して、二人が付き合い始めた日。唯一予想外だったことを挙げるとすれば、意外と間宮の手が早かったということだ。

☆　間宮先生と折橋さんの攻防戦

「こんにちはー」

　ドアを開けて迎え入れた間宮の顔は、とても何か言いたげだった。

「……」

「お邪魔しまーす」

「……二人で来たのか」

「はい。ちょっとそこで偶然ばったり司馬さんに会って！」

「え？」

「ね、司馬さん」

「あ、うん。ほんと偶然でびっくりしたねー」

　司馬は何かを感じ取って話を合わせてくれたが、演技が下手だった。

　夕方帰宅時間の司馬を狙って電話をかけ、マンションのロビーで待ち合わせて間宮宅へ乗り込んだ。今は、間宮と二人きりにさえならなければいい。

　電話とメールで対応することもできた。ただ、間宮とは今までずっと顔を突き合わせてやってきたので、今更電話とメールというのは難易度が高い気がして。そんなことで大事な次作のクオリティーを落としたくない、というのが麻衣子の本音だった。

司馬が買ってきた食材を冷蔵庫に詰めている間に、間宮は声を落として話しかけてきた。

「お前、二人になるのが気まずくて司馬呼んだだろ」

「ん？　なんの話です？」

「……」

「……」

麻衣子は無邪気な少女の表情で首を傾ぐ。あくまでしらばっくれるわけだな、と言葉にはせず、間宮は冷ややかな目で言う。逃れるように麻衣子はパンッと手を叩いた。

「さっ！　打ち合わせしましょ！」

「ちょっと待て、どこ行くんだ。いつも畳だろ」

「今日は気分を変えてテーブルで」

「……」

「ね！」

打ち合わせも執筆も、仕事に関わることはすべて畳の部屋でしていた。テーブルを提案したのは、司馬が料理をするキッチンからテーブルのある部屋が丸見えになっているからだ。

「お前……」

毎回手を出されるのではたまらない。あのたった一回のキスですべてがぐだぐだになるなんて、そんなの困る。それだけはどうしても避けたかった。

二人きりにさえならなければいいのだ。

「挿話《そうわ》を一個一個ブラッシュアップしていきましょう」

「あぁ」

ローテーブルに原稿を広げて話すのは少し新鮮だった。テーブルを挟んだ分だけ二人の間には距離ができる。前髪も触れあうことはない。

麻衣子は読み込んだ原稿から、気になる箇所をピックアップして言った。

「どこ読んでも二人がいちゃいちゃしてるだけだなーって」

「辛口……」

「厳しくいきますよ」

付箋を貼ったページを指でなぞりながら、麻衣子はしゃべる。

「あなたの読者は、もうそれじゃ満足しませんよ。なにがご自分の魅力かなんてもう重々ご存知でしょう?」

付箋が貼られている箇所を目で追いながら、間宮も返事をする。

「わかってるよ。その描写も今ちゃんと作りこんでる。他は？　話の構造的にラブシーンはこれだけの回数必要なんだけど」

「そうですねぇ……。それで言うなら、なんかもっとドキドキするシチュエーションが欲しいですよね……。基本的にこのヒーローとヒロインって、二人で家にいることが多いじゃないですか。だからラブシーンも変化がないというか……」

例えばですね……、とアイデアをひねり出そうとしている麻衣子をよそに、間宮は口元をゆるませ、立ち上がる。

「……麻衣子、天才」

「はい？」

「つまりこういうことだろ」

「は……」

新しく貼ろうとした付箋は、うまく貼れずにテーブルの上を舞った。

「ん……」

言葉の意味を理解するより先に、テーブルをまわりこんできた間宮に唇を塞がれていた。ドアは開放されている。すぐそこには料理をする司馬。物陰に隠れることもできない。二人きりではない異質な空間。

――くちゅ、と舌が口内を蹂躙《じゅうりん》する。キッチンから鼻歌が聞こえる。物陰に隠れることもできない。司馬が振り返ったら、見られてしまう。

「っ」

間宮の胸を突っぱねようと出した両手は一瞬で片手に絡めとられた。間宮のもう片方の手がブラウスの中に入ってきて胸に直《じか》に触れる。温かな手が膨らみを優しく揉みしだいた。びくんと麻衣子の体が反応すると、間宮はようやく口を離す。

耳に唇をつけて囁く。

「……どきどきするな、これ。どうする？　……いま司馬が振り返ったら。なんて言い訳しよう？」

「ば、か……やめ」

甘く見ていた。二人きりじゃなければ大丈夫だなんて。第三者がそこにいるからこそ、一度手が及んでしまえば大きく抵抗することができない。

「ぁっ……っ……」

ソファに押し付けられて、首筋に口づけられる。我慢した声が息となって口の隙間からこぼれる。司馬が見ていたらどうしよう、という気持ちが麻衣子を焦らせ、また興奮もさせていた。司馬の鼻歌は続いている。まだ気付かれていない。

「このまま挿れてしまおうか……」

「っ！」

間宮はあろうことか、この状況で中指を麻衣子の蜜穴の中へと入れた。突然の異物感。続いて内壁を指の腹で撫でられ、思わず声を出しそうになる。また唇で塞がれる。

「ん……。せ、んせ……」

「ここ、指じゃなくて俺の挿れて……ゆっくり突いたらバレないかな?」

「そんな……んっ、そんなわけない」

「やってみなきゃわかんないだろ」

本気なわけない。わかっているのに体は、この後起こることを勝手に期待して、受け入れる態勢を整えている。もし司馬が振り返ったら。今だってもう充分アウトな状況だけど、もし司馬に、繋がっているところを見られたら——。見られたら? どうなるというのだろう。麻衣子の思考はもうまともに働かない。

「ん……その顔見てるだけで、挿れなくてもイきそう」

淫らなキスを続けながら間宮は陶酔した顔を見せる。瞳の奥に宿る欲望に、じりじりと体を焦がされる。段々早くなる中指の動き。ぱちゅぱちゅと鳴る水音も次第に大きくなっていく。

「麻衣子ッ……!」

「っん……!」

真剣な目で名前を囁かれるとそれはお腹の底で響いて、中がぎゅぅっと伸縮した。同時

にビクビクと麻衣子の体は痙攣《けいれん》し、ぐたりとソファに沈み込む。

「……イった？」

ずるっと指が中から抜けて、間宮の唇が離れていった口から酸素を求めて荒く呼吸する。

麻衣子の格好は乱れに乱れていた。

「ほら、しっかりして折橋さん。……そんなエロい顔司馬に見せんなよ」

そう言って間宮はてきぱきと麻衣子の衣服を正していく。

「誰のせいで……」

泣きそうな声が出る。ぐったりと動かない体では何もできず、ただされるがままでいた。


「はいお待たせ！　ここで食べるよね？　一旦原稿よけてー」

程なくして司馬は両手にパスタの皿を持ってきた。麻衣子はそこではっと我に返り、顔を俯《うつむ》けて原稿をまとめる。

「……あれ？　折橋さん顔赤くない？」

「やっ……」

気付かれた、と動揺して麻衣子は言葉に詰まる。間髪入れずに間宮が言葉を繋いだ。

「なんか今日熱あるみたい、この人」

「え、まじで⁉　早く帰ったほうがいいよ折橋さん。ご飯パスタで大丈夫？　お粥作ろうか？」

「ううん、司馬さん。大丈夫」

ありがとうございます、と言って、笑ったつもりだけどできたかどうか自信がない。

「薬あったかなー」

そう言って司馬がキッチンのほうにある棚に探しに行くと、ギロ、と麻衣子は間宮を睨んだ。

「最低」

間宮は挑発的に笑うだけだ。ひらっと片手を向けられる。何がしたいのか一瞬理解できなかった。

「手、洗いに行きそびれた」

そう言って先ほどまで麻衣子の中に入れていた——中指を。べろっと舐めた。

「ばっ……！」

言葉にならない言葉を叫びそうになる。寸前で思いとどまったのは司馬が戻ってきたからだ。

「ごめん折橋さん、薬切らしてるみたいだわ」

「だ、大丈夫！　ほんとごめんなさい司馬さん」

「ほんとに大丈夫？　なんかさっきより顔赤くない？」

司馬の手が麻衣子の額にひたりと当てられる。先ほどまで水仕事をしていたからかひんやりと冷たい。突然のことに麻衣子も戸惑ったが、さっきよりも心配の色が増した司馬の顔に申し訳なさと羞恥《しゅうち》が募る。見られなくてよかった。

「折橋さん」

間宮は、黙っていなかった。

「さっきの原稿の話、続きなんだけど」

「え？」

「〝カラダから籠絡《ろうらく》してやるよ〟」

「っ」

「……ってセリフどうだろ？」

それは明らかに間宮の宣言だった。

さっきしていたのはシチュエーションの話であって。そんなセリフが入りそうなところ、どこにもないのに。

「……却下です」

麻衣子は小さな声でそう返事した。

「和孝、もう今日は仕事の話はいいじゃん。折橋さんも。これ食べたら帰ろう。俺家まで送るよ」

「あの、司馬さん私ほんとに大丈夫なので……ちょっとお手洗いだけ失礼しますね」

そう言って麻衣子は席を立つ。


二人になった間宮と司馬は黙々とパスタを食べていたが、麻衣子が洗面所に入ったのを見計って司馬が口を開いた。

「……お前やめろよな。見せつけるみたいにあぁいうことすんの」

お陰でちょっとパスタ冷めたわ、と司馬は愚痴をこぼす。

「しっかり聞き耳たててたくせに」

「不可抗力だ！　そりゃ聞こえてきたら意識するだろ、折橋さんの我慢してる声とかもう……」

「くたばれ」

「和孝の攻め声とか吐き気がしたけどな。がっつきすぎじゃねぇのお前」

「……あんまりがっついたら嫌われるかなぁ」

「っていうかなんで今になってそんながっついてるんだって話」

「〝待て〟が解けたのかと思ったんだ」

違うみたい、と言って間宮はパスタを口へ運ぶ。

「不思議なことが多すぎるよきみらは」

そう言って司馬は間宮の空いたグラスに水を注いだ。

一方の麻衣子は、洗面所で自分の頰をばしばしと叩き、決意していた。かのセクハラ作家先生に、絶対に籠絡されてはならない。

こうなるとあの一度のキスがいかに軽率だったか思い知る。わかっていたはずなのだ。今の関係を守る上で色っぽい空気を作ってはいけないことなんて。それなのにあの瞬間だけは、本当に何も考えていなかった。——なんでキスなんてしてしまったんだろう。間宮のことなんて好きでもなんでもないのに。

麻衣子が迂闊《うかつ》だったことには違いない。それにしたってここ最近の彼は調子にのっていると思う。想像を越える大胆さで迫ってくるから戸惑ってばかり。彼にされるがままでいるなんて自分らしくない。しっかりしろ、と麻衣子はもう一度自分の頰を両手でばちんと挟み、喝《かつ》を入れる。

今まで自分がしてきたことを、もう一度よく思い出す。昔からずっと願っていることも、もう一度心の中に刻み付けた。

（……よし）

もうこれ以上好き勝手にはさせない。籠絡なんてとんでもない。大学生の頃から、実際の主導権を握っているのは自分のほうだ。自分がきっちりコントロールしてやると意気込んで、麻衣子は彼と司馬が待つ部屋へと戻って行った。

　部屋に戻ってくると麻衣子はすっかりいつも通りになっていた。いつものように三人で食卓を囲む。熱を心配する司馬に「すぐ帰ろう」と促されたが、今日はまだまともに打ち合わせができていない。少しだけ、と司馬にことわって、いつものように洗いものの間、間宮との打ち合わせを再開する。

　再びローテーブルに原稿を広げながら、間宮は意地悪く笑った。

「なんか打開策見つけた？」

　それとも諦めて誘ってんの？　と、さっきまでの麻衣子だったら真っ赤になって沸騰してしまいそうな距離で、そんなことを言う。しかし麻衣子はもうたじろがない。今までのは、アレだ。そうだ。キャラぶれをしていたのだ。

「間宮先生」

　にこっと微笑んでから、洗いものをしている司馬をちらっと振り返る。大丈夫だ。彼は当分こちらを振り返らない。それを確認してずいと顔を間宮に寄せる。目と鼻の先の距離。

「え」

「参考になりましたか？」

　さっきの。と言って、恥じらった顔をつくって見せる。

「……すごく恥ずかしかったんですからね。今回だけ特別、ですよ？」

そう言って微笑むと、間宮は拍子が抜けた顔をした。

「……そりゃどうも」

折橋麻衣子。昔から誰にも公表できない特技は〝あざとかわいい振る舞い〟です。

★禁欲作家の回想1　狼の負け戦

正直、最初に好きになったのは顔だった。


「好きです」

「……え？」

大学の頃。放課後の部室で告白すると彼女は驚いた顔をした。いやいやお前知ってただろうが、と、言いたい気持ちを飲み込む。二人はもう付き合っていないというほうが不思議なくらい一緒にいた。お互いに好意を滲《にじ》ませて隠さなかったのに、鈍感なふりはやめてほしい。間の抜けた顔は演技。〝かわいいけど自分がかわいいことには無自覚な女子〟というセルフブランディング。苦手だな、と思った。

——だけどそれでもよかった。

「付き合ってください」

目を見つめて告白すると彼女は照れた顔ではにかむ。

「……うん。よろしくお願いします」

そう返事をする腹の中で、何か考えてるんだろうなとわかっていたけれど、かわいく見えたから困った。はにかんだ顔が、作った顔とはいえ掛け値なしにかわいいんだからたいしたものだと思う。

別によかったんだ。何を考えていたって。

気持ちが通じあってからは手加減する理由がもうなくて。麻衣子が照れながらそっと手を握ってきたのをいいことに、机に追い詰めて腕の中に閉じ込める。

「…………え?」

今度は心から驚いた顔をしていた。

「いいでしょ?」

「い、いいでしょって間宮くん」

早すぎない? と焦る様子に、なにをまたかまととぶって……と思いながら清潔な首筋に顔を埋めた。

「……先輩、良い匂いがしますね。甘い……食べたくなるような」

「か……嗅がないで!」

彼女の焦りは演技ではなく本物だったようで。それに気付くと、楽しくなってしまった。

「ここっ……部室っ……」

「構いますか？」

「当たり前でしょっ」

「俺は構いません」

「こら！」

じたばたと暴れるのを制御しながら眼鏡をはずした。鼻先を擦りあわせると照れたのか少し黙る。

「……眼鏡」

「うん」

「はずしたの初めて見た」

「そうでしたっけ？」

はずした眼鏡は机の上の、彼女を押し倒しても潰されなさそうな隅っこへ置いておく。まったく解放される気配がないことで、彼女はようやく本気だと悟ったようだ。

「私の神聖な部室でっ……」

焦っている顔だけは素に見えて、嬉しくなって触れる手が止まらない。ブラウスの中に手を忍ばせて横腹を撫でる。

「せんぱ……」

呼びかけて、やめた。

「麻衣子」

「っ」

名前で呼ぶと抵抗は止まった。一度するりとブラウスから手を抜き、両手で彼女の頬を包むと手のひらがじんわりと温かかった。

「……そんなほだされた顔して」

「あなたってほんとに、眼鏡とると……」

「意外と整った顔してるでしょ？　知ってます」

「……いちいちむかつく」

「むかつく？」

「やだっ、聞き間違いだよー。いちいち、身を突くくらい格好いい♡」

「……」

身を突くくらい格好いいってなんだ、と突っ込みたい気持ちを抑え、あざとい彼女はもう黙らせてしまう。

「口閉じて」

「ん」

キスをする瞬間ぎゅっと目を閉じていた。まさか初めてなわけじゃあるまいし。

長机の上にゆっくりと押し倒す。スカートをたくし上げ、下着の上から割れ目をなぞる。

そこは充分に湿っていた。

「ん、やぁっ……」

たまらなくなってくる。

躊躇せず彼女の下着を足首まで引きずり下ろすと、自らのモノを取り出し少し強引に彼女の割れ目に宛てがう。

「ちょっと待って！　そんな、いきなり入らな……ああっ！」

「っく……」

いきなり入らない、なんてことはなくて。麻衣子はとっくに蕩《とろ》けていた。一気に突き入れた中の熱さに一瞬出してしまいそうになったが……それどころではなかった。驚いて、組み敷いた麻衣子の顔を見る。突き入れていた自身をそろりと中頃まで抜き出した。

「っ……ばかっ、痛いよ……」

ゴムにはじんわりと血が絡みついていた。瞳いっぱいに涙を溜める彼女は意外なことに、処女だったのだ。じゃあああの思わせぶりなあざとい振る舞いの数々は一体？　天然だったって言うのか？　いや、それだけはない。

「ごめん」

慌てて全部引き抜こうとしたが、それを彼女は〝だめ〟と言って制止した。どうしろって言うんだと戸惑っていると、きゅっと彼女が背中に爪を立てて抱きしめてきて、「やめないで」と言った。そう言われるとこちらとしても、やめたくなくなってしまうわけで。

ゆっくりと動き出す。

彼女は声を押し殺しながら顔を赤らめていく。

「っ、ぁん……あっ、あっ……」

「……あー……」

かわいい。初めてだったのかと思うとにやけてしまいそうだ。色んなところにキスを落として中を味わいながら、緩やかに彼女を突いて、考えていた。これは自分の負けになるんだろうか？　明らかに何かを企みながら自分を落とそうとしてきた彼女。

こんな風に部室でサカって、覚えたての高校生じゃないんだから、と自分をたしなめつつ。彼女の中に入りながら確かに落ちている自分を感じる。

麻衣子にしたら、思ってたのと違ってたんだろうな。恋愛に奥手な根暗男子を手玉にとるつもりだったんだろう。それは彼女にとって簡単なことだったはずだ。なのに男はことのほか狼で。

策を弄した少女は、あっさり狼に食べられてしまいました、というお話。

今の麻衣子なら押し切れるんじゃないかと思っていた。間宮の授賞式の日を皮切りにして、彼女はだいぶ素直な反応を見せるようになったと思う。けれど洗面所から戻ってきた麻衣子は何やら吹っ切れた顔をしていて、これはまずいな、と直観的に思った。

*

案の定、戻ってきた麻衣子は先ほどあんなにいやらしいことをされておきながら、「今回だけ特別」だとのたまった。恥じらう顔をつくって。それは期待している反応とは違ったが、男心をくすぐる仕草ではあった。

「それじゃあ、良い原稿期待してますね！」

そう言って彼女は爽やかに帰って行った。司馬を従えて寒空の下へ。ぱたんと玄関のドアが閉じた瞬間に、ふっと体の緊張が解ける。思えば今日はすごいことをした。

「……」

自分の中指を凝視する。少し動かしてみる。中の感触は、いつぶりだろう。

あれだけよがっておいて、今回は特別だと愛嬌を振りまいて。それはきっと次回はないという彼女なりの牽制《けんせい》なのだろう。そういえばこういう女だったな、と昔のことを思い出しながら、間宮は原稿に戻る。

☆　再び禁欲生活

冬はまだ続くと北風が歌う。間宮の家に訪れた麻衣子もまだ、グレーのチェスターコートを着込んでいた。

「うん！　だいぶ良くなったかと思います！　先生やればできるじゃないですかぁー」

「叩くな痛い」

肩をばしばしと叩かれて、間宮は文句を言った。折橋麻衣子は〝元彼女〟ではなく、すっかり〝担当編集者〟に戻っている。

思えばずっとこうだった。麻衣子とは彼女が担当編集者になってからの三年間、この距離感でやってきたのだ。それは既に恋人として付き合っていた期間よりも長い。

麻衣子も図太いもので、何も気にしていないのか打ち合わせ中の距離もこれまで通りに戻っている。畳で向かい合って、触れ合う前髪と前髪。

——真剣な顔が一番かわいかったりして。そんなことは絶対に言わないけれど。

「なぁ」

「はい」

声に反応して麻衣子が顔を上げると至近距離で対面した。キスしてやろうと思ったけれど、麻衣子のリアクションが先だった。

「やだっ……ごめんなさい、近かったですね」

ぱっと顔をそむける。なんだそのわざとらしい恥じらい方は。そうやって、角が立たないようにかわそうという算段なのだろうけど。

「……いや、悪い」

悪いなんてほんとはこれっぽっちも思っていない。けれど間宮は気付いた。今までかわいく見えていたあざとい仕草が、今見せられると急激に萎えることに。

「……」

なぜだろう。折橋麻衣子は、昔からこうだったはずだが。何かしてやろうという気が全く起きない。

「……？　間宮先生？」

「原稿やろう」

「はい」

とりあえず仕事をしようと、自分が書いたプロットをチェックしていく。ふと麻衣子の原稿を捲《めく》る手が止まって、気になってそちらを見た。

「〝カラダから籠絡してやる〟って」

「え？」

この間追い詰めるために言った一言を麻衣子に復唱される。

「……私、却下しましたよね？」

「……」

ぶり返したくないだろうから絶対に突っ込んでこないだろうと思っていたら、そこはさすが編集者。自分が出した却下はよく覚えている。目の前で原稿に赤を入れて突きつけてきた。

「このタイミングでこのセリフは、ないと思います。だってここってやっと気持ちを通わせ始めたところじゃないですか。せっかくヒロインが心も預けようとしているときに、このセリフはいただけません」

え、そうだったの？　と思わず口をついて言いそうになったがこれは小説の中の話。

あぁ、あの時も本気の駄目出しだったんだ……と思うと少し自分が馬鹿みたいだった。

「……」

「よくあんなセリフがさらっとでてきますよねー。そこはさすが、今をときめく恋愛小説家です」

感心しちゃいます、と麻衣子は笑った。嫌味なんだろうか。指摘がもっともだっただけに泣きそうだ。

「……わかった。わかったよ、そこは考え直す」

「そうですか、わかっていただけて良かったです！　そしたら次はー」

イキイキとした顔でブラッシュアップする箇所を挙げていく。

彼女が仕事をすればするほど、修正が増えて間宮の作業は増える。それはその分完成度が上がるということで。でもそれ以上に、完成度が上がる過程の彼女が楽しそうで、嬉しい。

麻衣子が指摘する箇所を聴いてメモを取りながら見つめてしまう。あらためて編集者なんだな、と感じて、思ったことが口に出ていた。

「……考えてみたら、今ここでこうしてるのはすごいことなのかもしれないな」

「え？」

「俺もお前も、ちゃんと夢を叶えたわけだろ？」

「夢……」

そう間宮の言葉を繰り返す麻衣子は、どこかぼーっとしている。

「……違うか？　編集者になるのが夢だって言ってなかったっけ。就職決まったときあんなに喜んでたし」

少しだけ踏み込んでみた。作家と編集者になってからというもの、付き合っていた頃の話はご法度という雰囲気だったので。怒るか？　と思いちらりと麻衣子を窺《うかが》うと、意外とそんなことはなかった。

「……そうですね。うん。夢、叶ってますね！　あんまり意識したことがなかったです」

「そんなもんか……？」

何かしくじっただろうか。麻衣子は話を合わせてきたが、どうも違うような反応だった。確かに夢だと言っていたと思うのだが。心なしか彼女が少し寂しい顔をしているように見える。

——あ、いま、素だ。

「ひゃっ」

そう思うと下心がむくむくと湧いて、ブラウスの中に手を入れてしまう。畳の上で彼女は身をよじって逃げ出そうとしたが、嫌がれば意のままだと察したのか余裕の笑みを返してきた。

「っ……やだっ、間宮先生ったら……。溜まってらっしゃるんですか？」

「うん、すごく」

どうにかして？　と耳元で囁くと彼女は策を巡らせているのか目を泳がせて黙りこんだ。面白い。

首筋に顔を埋めながら、あぁそうだと間宮は理解した。あざとい仕草に萎えるのは、最近素を見せる彼女を知ってしまったからだ。思わずキスしてきたり、間宮の悪戯に怒ったりする。あざとい演出を忘れてしまっている素の彼女が魅力的だった。それだけのことだ。

「……そんなこともあろうかと！」

するりと腕の中から逃げ出して立ち上がったかと思えば、たたたっと玄関のほうへ駆け出して、段ボールを一箱抱えて戻ってきた。

「ご用意してきました！　どうぞ！」

「なんだこれ……」

満面の笑顔で手渡してきた。がさごそと中に入っていた緩衝《かんしょう》用の新聞紙を取り除くと、箱の中身は。

「……官能小説？」

「ええ。ここ三ヵ月に出た新刊をお持ちしました！　これで最近の傾向をつかむついでに……」

ついでになんだ。これで俺にどうしろと言うんだ。だいたいこんなに毎日お前が傍にいるのに、これだけで満たされるわけが……と、間宮には言いたいことがたくさんあったが、いそいそと帰り支度をしているので今日のところは見逃してやることにする。

段ボールを抱えて麻衣子を見送りながら、間宮は思った。編集者になるのが夢じゃなかったのか？　――俺は何を見落としているんだろう？

★　禁欲作家の回想２　彼女のブレない夢のこと

麻衣子が今の出版社への就職を決めたのは、付き合って間もなくしてからのことだ。

間宮が麻衣子からその報告を受けたのはベッドの中だった。間宮の部屋で、二人は一戦交えて休憩をとっていた。

「……驚いた」

「そうでしょうそうでしょう」

「本当に出版社に入るとは」

「鼻が高いでしょう！　もっと褒めてもいいのよ！」

下着姿で胸を張る麻衣子がおかしかった。さっきまでの甘い淫靡《いんび》な雰囲気はどこにいったのか。間宮はペットボトルの水を飲んで、笑ってしまう口元を誤魔化す。

さっきまで快楽に喘《あえ》いで泣きそうになっていた顔が、今は鼻高々に笑っている。その様子を見ていると間宮はまた、麻衣子を乱したくなった。

「やっ……間宮っ……んっ……」

付き合いだしてから麻衣子は、くん付けをやめて間宮と呼び捨てにするようになった。

そこは名前じゃないんだなぁ、と思いながら、後ろから抱きすくめて両手の指先で乳首を擦る。

「……こうしてるとまたシたくなってこない？」

「んぁ……も、ちゃんと話聴いてっ……」

「うん？」

ぱっと手を離して解放すると、真っ赤な顔をした麻衣子が振り返る。

「間宮の本を編集するのが、夢なの」

だから頑張ってよね、と若干照れて言う麻衣子を見て、間宮は小さく笑った。それが言いたかったのか。

小説を書くのは好きだった。でも正直、この時そこまで熱意があったかと言えばそんなこともない。なぜなら半分諦めていたから。狭き門で、自分の才能はそこそこ。プロになることはないんだろうなと、心のどこかでいつも思っていた。

それでも麻衣子のこの言葉は、素直に嬉しかった。

「うん、楽しみにしてる」

そう言ってまた後ろから抱きしめ、胸を弄《いじ》る。麻衣子の口から切ない吐息が漏れた。

「んん……」

「本当に胸弄られるの好きだな」

「ちがっ……ん、そんなことない……」

「……女の編集さんと男の作家ってさ」

「あ、っ……なに？」

「なんか妄想膨らむよね」

「っ、変態ねっ……あぁっ」

擦っていた乳首をきゅっとつまむと嬌声《きょうせい》があがる。たまらず首筋に唇をすべらせた。

「だって二人きりで打ち合わせしたりするんだろ。こういうことになるんじゃない？」

「ならないよっ……。こんなことばっかり、してたら……、仕事に、なんな……あぁんっ」

「……途切れ途切れにしゃべるのエロいんだけど。麻衣子サン、もう一回シよ」

「んっ……間宮、性欲強すぎるよ……」

「全然ついてこられるくせに」

彼女を組み敷いて、自然と笑ってしまっていることに気付く。

「手とり足とり教えてくれるんでしょうね？　編集さん」

「あっ」

麻衣子とは付き合っていたわずかな期間の中で、何度も何度も体を重ねた。それがまるで初恋であるかのように。何度喘がせて、何度絶頂に追いやっても全然満足せずに。初めて手に入れたものを、手の中からこぼさないように大事に大事に愛でていた。

＊

（……俺の本を編集するのが夢、か）

確かにそう言っていた。記憶を引っ張り出し、別に編集者になること自体が夢とは言っていなかったことを思い出した。夢は確かに叶って、麻衣子は間宮の編集担当だ。けれど彼女は満足しているだろうか？　彼女の夢だった間宮の本の編集は、皮肉にも、書くなら別れると彼女が言った官能小説で叶っているわけで。……まあ、そこは別にいいんだろうな本当は。

麻衣子が置いていった官能小説いっぱいの箱を仕事場の隅に追いやる。さっきまでの打ち合わせで出てきた箇所を修正しようとパソコンの前に座ったとき、インターフォンが鳴った。

司馬だ。

「メシ作りにきてやったぞー」

「あぁ、サンキュ」

「折橋さんは？　今日はもういないの？」

「いないよ。さっき帰ったとこ」

「お前また無理強いしたんじゃないだろうな……」

そう言って司馬はスーパーの袋を台所に置き、スーツを脱いでネクタイを緩める。

「〝これで勝手に抜いてろ〟って官能小説を箱で渡された」

「まじで？　折橋さん強いなー」

間宮は司馬を迎え入れて、食事の支度中は作業をさせてもらおうと畳の部屋へ戻ろうとした。その時、司馬が呼び止めるように話を繋ぐ。

「俺、この間折橋さんに訊いちゃったんだけど」

「何を？」

「きみらが昔別れた原因って、和孝が官能小説書きだしたからなんだって？」

「……あぁ」

タイムリーな話題だな、と思いながら聴いていた。

「それなら簡単なことじゃないのかよ」

「何が？　麻衣子とよりを戻すのがか？」

「うん。官能小説書くの辞めたらまた折橋さんと付き合えるんじゃない？」

司馬は司馬なりに二人のことを思ってくれているようなので、何と言っていいか迷った。迷った末に、間宮は自分の中で出ている結論を言葉にする。

「辞めないよ」

「……変なの。折橋さんよりも小説書くことのほうが好きそうには見えないんだけど」

司馬が言うことは何も間違っていない。それで何のわだかまりもなく麻衣子が戻ってくるのなら、間宮は少しも躊躇せずに書くことを辞めるだろう。でもそれではきっと、意味がない。

「折橋麻衣子はブレないんだ」

そう言って寂しく笑った。

☆　麻衣子の担当作家　間瀬《ませ》みどりの功罪

　間宮の受賞後、麻衣子はほぼ間宮専任の担当となった。けれど一人の作家に一人の編集者がべったり付くのが許されるほど、編集部は暇ではない。「ほぼ専任」という形をとれるのにはワケがある。


「みどりさーん」

「あぁ折橋。久しぶりに来たねあんた」

　そう言って、大きな洋風の一軒家の庭から麻衣子を招き入れた品のいい老婦人もまた、麻衣子が編集を担当する小説家の一人だ。

「今月の原稿あがってたりしますか？」

「できてるよ。中入んなさい。ちょうど土産にもらった焼き菓子がある」

「わーい」

　麻衣子は焼き菓子に目を輝かせて婦人の家へと入っていく。麻衣子が〝みどりさん〟と呼ぶ彼女は、間瀬みどり。間宮よりもはるかにキャリアの長い恋愛小説家だ。

焼き菓子の詰め合わせと一緒に、テーブルには淹れたての紅茶が置かれた。

「あんたは他の編集と比べてラクしすぎなんじゃないかねぇ。他の出版社の編集はどんだけ足繁《あししげ》く通ってもなかなか原稿取れないのに」

「もーほんと助かってます！」

「あんたは特殊だわ……」

そう言ってみどりはティーカップを口元に運び、紅茶をすする。伏せたままの目元には皺が刻まれていて、無理に年齢に抗うことなく綺麗に歳をとったお婆さん、といった容姿だ。麻衣子はすっかりご無沙汰で、一ヵ月は会っていなかったみどりを前に、また綺麗になったなーなんて思っていた。

「最初から変だったもんねぇ折橋は。必死で原稿取りにくるわけでもなし」

「だって、みどりさん私のこと大好きじゃないですか♡」

「ほんといい性格してるわ」

呆れた目をもろともせず、麻衣子は遠慮なく焼き菓子に手をつける。

「ま、第一印象様様《さまさま》ですね」

「そうね。新人のくせにあたしの三十冊以上あった既刊、ぜんぶ読んだことあるって言うから。最初は、すごいあたしのファンを担当に寄越してきたと思ったのよ」

「ファンですよ？」

「嘘おっしゃい。あんた、最初に挨拶に来た日にあたしの作品に散々文句つけてったじゃない」

「そんなの愛あればこそですよぉ～」

ふふふ、と麻衣子が笑うと、みどりは別にいいけど、という顔をした。

「本当に、みどり先生の小説には感謝してるんですから。私、中学生の頃から恋愛は間瀬みどりの小説で覚えてきたので」

「……あんたよくそう言うけどね。じゃあ今あんたに彼氏がいないのもあたしのせいってわけ？」

「それはそうかもしれません！」

「人のせいにしてんじゃないわよ」

みどりの淹れる紅茶はいつも美味しい。一緒に用意してくれるお菓子も、お説教のしょっぱさを中和してくれる甘さだ。

「小説家冥利《みょうり》に尽きるんだけどね。知らない世界や感情を見せることができたんなら。……それでも、折橋は自分でその感情を見つけるべきだったんじゃないかって思うわ」

「嫌ですねぇ、私だって恋愛くらいしますよ」

「ふーん……？　あんた、結婚はしないの？」

「結婚？」

これまでの人生において一度もじっくり考えることのなかった言葉が、ふわふわと宙を漂う。

「大きなお世話ってわかってるんだけどね。あたしがしてないから、あんたには特に言いたくなるの。チャンスがあるなら結婚はしたほうがいいわよ」

「はぁ。おひとりでもみどりさん、幸せそうですけどねぇ」

「否定はしないけどね。でもしておけばよかったな、とは今でも思うから。何なら今でも諦めてないわ」

「ほう……」

みどりの溢れんばかりのバイタリティーは、尊敬すべきところの一つである。この野心溢れる感じが、みどりの小説の中にも息づいていた。彼女の小説から覚えたのは恋愛感情だけではないと思う。

尊敬はしている。それでも麻衣子は、みどりのこのアドバイスを素直に受け取ることができない。

「でも私、結婚なら大学生のときに諦めました」

「……えらく早くない？　諦めるの」

「私にはもっと大事なことがあったので」

「何があんたをそんなに突き動かしてるのか気になるわ……」

「墓場まで持っていくので教えられません」

ごめんねみどりさん、と無邪気な顔をつくって微笑んだ。孫娘が祖母に向けるような笑顔のイメージ。みどりは拍子抜けした顔をしていた。

他の作家がベテランで、自立していて手がかからないから。その上、偶々《たまたま》良好な関係を築けているから、麻衣子は間宮のほぼ専任となることが許された。これは幸運だったとしか言いようがない。

あの日一瞬で描いたビジョンを、怖いくらいにうまくなぞってきた。

☆「折橋麻衣子」という女

長い時間一緒にいると、相手をわかった気になってしまうのが普通だと思う。けど、間宮と彼女に限っては違っていた。付き合っていた頃から麻衣子のことはよくわからなかった。彼女は演出した自分を見せたがる。それが不思議なことに、付き合いが長くなるほど、彼女は何かを間宮から隠していった。

別れてからも、彼女が担当編集についてから結構な時間を共にしているけれど、それでもわからない。

彼女のすべてが知りたい、とも、思わなかった。

「今日は折橋さんは?」

いつものように夕飯時にやってきた司馬は、部屋に入るなり麻衣子の姿を探した。

「そんな毎日通い詰める担当なんていねえよ」

「えー毎日みたいなもんだったじゃん。俺いっつも三人分用意してたもん。折橋さんはどっかの誰かと違って美味しそうに食べてくれるから、作り甲斐あるんだけどなぁー」

「悪かったな顔に出なくて」

「それって美味しいってこと？」

「……」

司馬の何か期待しているような目にイラッとした。けれど世話になっているのは事実。意を決して素直になる。

「うまいよ。いつも助かってる」

司馬の目を見ず努めてしれっと言うと、げんなりした顔を返された。

「お前のそういうツンデレいらないわ……女の子がいいわ……」

「……」

俺だって麻衣子がいいわ、と間宮は心の中で言い返した。

麻衣子のいない食卓のメニューはお好み焼きだった。焼きたてを切り分け、息を吹きかけて冷ましながら口へ運ぶ。

「折橋さんは今日他の作家先生のとこ？」

「お前麻衣子のこと気にしすぎだろ。今日はたぶん間瀬先生んとこだと思う」

「あぁ、名前聞いたことある。その人も恋愛小説家だっけ？」

「そうだよ。元々麻衣子が大ファンで、よく熱弁してた」

「ふーん。……それってすごくね？　ファンだった先生の担当してんの⁉」

「うん」

「へー……。なかなかやり手だなぁ折橋さん」

彼女のいないところで、なぜこうも話題にのぼるのか。いないからか？　お好み焼きをかじりながら司馬の様子を窺うと、まだ何かを言いたそうにしていた。

「なんなんだよ……。麻衣子が、どうかしたのか？」

「いや……どうもしないいんだけどさぁ」

そう言って司馬もお好み焼きを口へ運びながら、ぽつりと話しだす。

「俺、一度だけ折橋さんを誘ってみたことがあるんだよね」

「ん？　何の話だ。食事の話？」

それは初耳だ。聞いてない。まぁ食事くらいはいいか……と思っていると、司馬は言った。

「んーん、ベッドの話」

「……は？」

一瞬わけがわからず、言葉の意味を理解した瞬間どろっとした感情が流れ出した。――今なんて言った？　殺意にも近い怒りが満ちていく。

司馬は慌てることなく、時効だと言うように笑った。

「怒んないで、心配しなくても結果的に失敗してるから」

「そういう問題じゃっ……」

「どういう問題？　俺が誘ったのは和孝が折橋さんと別れてからなんだけど」

「……」

何も言われる筋合はない。そんな態度で司馬はいるけど。それでも、司馬は間宮の気持ちを知っていたはずだ。その上で？

「……それはいつの話だ？」

「三週間くらい前……？」

「ついこないだじゃねぇか……！」

「や、ごめん。でもほんと相手にもされなかったんだよ。俺が誘ったら折橋さん、何て言ったと思う？」

「知るわけないだろ」

間宮は、本当に折橋麻衣子のことがわからない。ましてや、他の男の前で見せる顔なんて。

「〝あなたと寝ることで何のメリットがあるんですか？〟って言われたんだ」

「……」

「メリットがあったら寝るんだ……と思って。それ以上に、折橋さんにとってのメリットって何だろうって、それがわからない」

「……そんなの俺もわからない」

司馬とは何もなかったみたいでよかった。けれど頭がぼーっとする。頭の中が占拠されて、他のものが抜け落ちていく。さっきまで考えていた小説のネタも、どこかへ吹き飛んでしまった。メリット、って。

折橋麻衣子の、望みはなんだ。


次の日、麻衣子は夕飯時にやってきた。司馬からは今日は仕事で行けないとメールがきていたので、夕飯はコンビニで済ませようと思っていた矢先の訪問だった。

「司馬さんいないんですか？」

「明日プレゼンがあるから今日は残業をするんだと」

「それはそれは……いかに司馬さんが有難いかわかる日ですねぇ」

麻衣子まで今日はやたらと司馬を気にかけていて。何もなかったと聞かされてもやっぱり面白くない。そんなことがあったなんて知らなかった。どうして言わない、なんて恋人でもない自分が怒ったら、やっぱり理不尽だろうか？

迷っていると麻衣子は仕事場を離れ、キッチンに立つ。

「え？」

「晩ごはん、まだですよね？」

そう言いながら、失礼しますよ～と言って冷蔵庫の中を覗く。中には司馬が最低限に買い置きした卵やベーコンがある。

「……作るのか？」

「何です？　不満ですか？　そりゃあ司馬さんクオリティーとはいきませんけど、卵焼きくらいなら」

「……卵焼きね」

驚いて、安心した。〝実は料理できるんです〟とかだったら、自分はもう何年騙《だま》されていたことになるのか。卵を割る手すら不器用で、これから出てくる卵焼きを心配するとともにどこか安心もしていた。

安心して、ふっと言葉が口からこぼれてしまったのだ。

「麻衣子」

「んー？　や、だから麻衣子じゃなくて」

油を引いたフライパンに溶いた卵を流し込みながら、きっちりそこは否定してくる。彼女の中のけじめはブレない。最近は少し、緩んできていたくらいだと思う。

「お前さ」

「はい」

「何か目的があって男と寝たことあるの？」

「……ありますよー」

よっと、と麻衣子は、事もなげに肯定して、卵焼きを焼くことだけに注力している。

「……」

間宮は何も言えなくなって、麻衣子の手元でぐしゃっとなった卵焼きをただ見ていた。ある、と彼女は言った。頭の中では、麻衣子は〝そんなことあるわけないじゃないですか！〟と怒って見せたのに。

自分の知らない彼女がいる？

「知らなかった？」

気付くと麻衣子は、こちらを見て笑っていた。

「私、意外と目的のためには手段を選ばないタイプです」

「……」

普通なら、怒り狂うべき場面なのかもしれない。嫉妬に胸を鷲《わし》づかまれて、苦しさのあまり彼女を罵倒するシーンなのかもしれない。小説だったなら、きっとそんな風に書いた。けれどわかってしまったのだ。彼女のつくった表情から、彼女がきっと隠したいであろうこと。彼女の目的には昔からなんとなく気が付いていた。すると〝手段を選ばない〟という言葉に、やけに苦しくなって泣きそうになる。

だめだ、と思って必死に何も感じない顔をする。無表情で堪えているのは涙ではなく怒りだと、彼女にはそう見せなければならない。ポーカーフェイスを演じる、ってなんだか変なかんじだな。

麻衣子の目的には、まだ気付かないふりでいる。

★編集さんの回想2　駆け出し編集者のハニートラップ

目的のために手段を選ばないのは本当だった。でも目的のために、他の男と寝たことは、正確に言うと、ない。それは未遂に終わったから。

入社してすぐの、編集長との一夜の話をしたら、間宮はどんな顔をするだろう。

もう六年ほど前のことだ。まだ間宮と付き合っていた頃。今の出版社に入社して数日目に、文芸編集部で麻衣子の歓迎会が行われた。一軒目ではそれぞれ自己紹介があって、大学時代何をしていたとか、就職活動中のことを訊かれて他愛のない話をしている内に閉会。二軒目はもう少し新人の素顔を暴こうと、多量にアルコールを投下して根掘り葉掘り訊かれた。麻衣子は、その後に控えている目的のため飲酒は抑え目にし、猫を被り続けた。

「へぇ、折橋さん間瀬先生の本ぜんぶ読んでるんだ」

「はい！　もう大ファンで。間瀬先生とお仕事させていただきたくて編集者目指したんです！」

「こいつはひょっとすると、担当泣かせの間瀬先生とうまくやるかもしれないなぁ」

そんな期待までいただきながら、ちらりと他所《よそ》へ目をやる。

「倉田編集長。お酒、進んでます？」

にこりと笑ってビール瓶を両手で傾け、お酌する。

「おぉ、最初からできるな新人」

倉田はご機嫌で麻衣子が注いだお酒を飲んだ。グラスが空いては注ぎ、空いては注ぎ。お酒に強いようでなかなか酔わなかったが、せっせとお酌を続けた結果、二次会が終わる頃にはぼーっとしていた。

「おぉーい！　もう一軒いくぞぉー！」

見た目がいいだけに、べろべろのところは見たくなかったなと思いながらも、自分が仕向けたことなので仕方ない。

三つ上の先輩が倉田の肩を支えていた。

「だぁめですよ編集長！　今日はもう解散です。……ごめんね折橋さん、歓迎会からこんなかんじで。ヒいちゃった？」

「いいえ！　とっても楽しかったです」

「それなら良かった。この人、タクシーに押し込んじゃおう。編集長！　タクシー乗ったらあとは自分で帰れますね？」

「だから帰らねぇっつってんだろうがぁ！」

「ほんとどうしようもねぇなこのおっさん！　もういいや押し込もう」

「編集長のお住まいってどちらなんですか？」

「あぁ結構遠いよ。皆と方面違うんだ」

教えてもらった地名は確かに遠く、麻衣子も行ったことがない場所だった。方面が同じ人がいなくて、逆に好都合だ。

「あ、じゃあ私一緒に乗って帰ります！　家がわりと近いので、編集長のお宅通って帰ります」

「えー、でも新人ちゃんにそんな……。この人だいぶ酔ってるよ？」

「酔ってる人の扱いは得意です」

「そう？　そりゃ頼もしいな」

先輩は笑った。そして先ほどから何台か見送っていたタクシーを止めるべく、道路に手を伸ばす。

「じゃあ、お願いするよ。この人相当酔ってるけど、別に変なことはされないと思う。でももしも、万一何かされそうになったらぶってていいから。あとすぐ俺に電話して」

「承知です！」

そして思惑通りにことは進んでいく。

乗り込んだタクシーの中、倉田は気持ち悪くなってきたのかうーんと唸《うな》り始めた。

「コンビニでお水買ってきましょうか?」

「いや、いい。……っていうかなんでお前が乗ってるんだ新人……?」

「まぁまぁ、細かいことはいいじゃないですか」

「そうか……まぁな。細かいこと気にする男はだせぇからな……」

相当酔っているようだ。具合よく。

何とか詳細な住所を訊き出して、倉田の家に着く。タクシーの運転手には待ちましょうかと訊かれたけれど丁寧に断り、倉田を立たせる。

「……重ッ」

さすがに大の男を自分一人でやすやすと運べるわけもなく、自力で歩いてマンションの自室に入ってもらうのにはとても骨が折れた。途中で座り込んで休むし、部屋は間違えるし。これだけ酔っているなら忘れるだろうと猫を被るのも忘れ、若干罵倒してしまった。

「ほんっっと顔しかいいとこないですね!」

「あれ……俺新人に罵《ののし》られる夢見てる……?　実はMだったのかな……」

「本当にきもいです」

「あれー?」

罵られ慣れていないのか困惑しながら部屋へと入っていく。昼間にリサーチしていた通り家族はいないようで、同棲している恋人の影もなければ、かこっている愛人も特にいなさそうだった。部屋は意外と片付いている。

「ついたー！　マイホーム！」

ぼふっ。良い大人は大の字になって自分のベッドに倒れ、ぐーすかと眠りだした。これで準備はOK。さて。

いびきをかいている倉田を尻目に、着ていたスプリングコートを脱いでソファーに投げ掛ける。キャミソール姿くらいで充分だろう。着ていたカッターシャツだけ脱いで、ベッドにお邪魔する。スマホは忘れずに持って。

倉田の下敷きになっている掛布団を強引に引っ張りだし、倉田の上に掛ける。その中に自分も潜り込んで、すやすやと眠る倉田のシャツのボタンを上からいくつかはずしていく。もう充分だろう。これだけでだいぶアウトな絵が撮れるはずだ。

そっと寄り添うと、倉田からはオーデコロンとお酒の匂いがした。歳のわりには若く見えて格好いいから、もしかしたら本当にこういう関係になりたいと望む女子もいるのかもしれない。自分はと言えば、全然興味ないなと思った。自分でも驚くほど、男性に興味がない。……男性に興味がない？　じゃあ、間宮のことはどうかというと、深く考え始めると泥沼に入りそうだったので思考をシャットアウトした。

隣に寄り添った状態で、インカメラに設定したスマホを上に掲げ、ちゃんと二人が写るように位置を調整する。布団を被っているだけでだいぶ怪しく見えた。微笑んでいればいいだろうか？　迷った末に口元だけ微笑ませて、シャッターをきる。

「ん……？」

その音で、倉田は目を覚ましたようだ。

「あ、おはようございます」

「……どこかで見たことがある……」

「新入社員の折橋麻衣子です。覚えてくださいね？」

猫被りモードに戻しておいた。

「……何やってんだ新人」

「何って……覚えてないんですか？」

段々覚醒してきたようなので、早々に嘘の既成事実を刷り込んでおかなければならない。

「覚えて……？　二次会に行ったよな」

「ええ。それで編集長が結構酔われていたので、一緒にタクシーに乗ったんです。そしたら、〝俺の部屋に来い〟っておっしゃるので……」

「？　それでお前はついてきたのか？」

「ついてきちゃいました」

「それで？」

「……ほんとに覚えてないんですね、ひどい。私、初めてだったのに……」

清純さ一〇〇パーセントの顔をつくって涙を流して見せる。けれど倉田は、まだ酔っていて事態を飲み込めていないのか、少しも焦る様子がなかった。

「何言ってんだ。ついてきてる時点で自業自得じゃねぇーか」

「……何もしないって言ってましたもん」

「俺はそんなダセェ誘い方はしねぇんだよ。しかも何が〝初めてだったのに〟だ。ヤってねぇーだろうが。ボタンはずれてるだけできっちり下着は穿いてるし」

「……」

どうも不充分だったようで、頭をフル回転させて次の策を練る。最悪、写真は撮っているからこれさえあればどうにかなるが、倉田はここで押さえこんでおきたい。

ぎしっ、と、横になる倉田の上にのしかかる。

「……何のつもりだ新人」

「本を出してほしい人がいるんです」

「こら降りろ！　コンプライアンス違反で俺が捕まるっ」

「お願いを聞いてくれるなら何をされても構いません」

「俺が構うんだよっ……」

倉田が気にしているのは法的に自分が危ないということばかりで、少しくらい誘惑されてくれてもいいのにと麻衣子はむっとする。

「若い女の子に興味ないんですか?」

「ないない。俺ゲイだから」

「わお……」

さらりとカミングアウトされて驚きつつも、そりゃあ騙されてくれないわけだと合点がいった。作戦変更。

「それなら仕方ないです……。先ほど、写真を撮らせていただきました」

さっきスマホに収めたベッドの上で二人写っている写真を見せる。

「……で?」

「これを社内に流されたくなければ!」

「だからなんでぜんぶ脅しなんだよ。っていうか意味ないからなそれ。俺がゲイだってことは編集部みんな知ってるよ」

「……ええー」

予想していなかった事態に、麻衣子は正直困っていた。これでは自分の計画がここで潰《つい》えてしまう。

「怖いわー。新人油断ならないわー。それで、なんなんだお前の目的は。言ってみろ」

「……言ったら叶えてくれます?」

この期《ご》に及《およ》んであざとかわいく上目遣いでの説得を試みるが、冷たく馬鹿にするように鼻で笑われただけだった。

「聴くだけだ。お前が何にそんなに必死になっているのかにも興味がある。だいたいなぁ、写真で脅せると思ったのか知らないが、それ、お前も写ってるんだぞ。お前自身も無傷じゃ済まないだろうが」

「そんなことは全然痛くないんです」

「どんな目的なんだ一体……。本を出してほしい人がいるって言ったか？」

「はい」

「自分が書いたものを本にしてほしい、とかじゃなく？」

「私自身はもう書いていません。私じゃなくて……」

「なに？　男？」

ぐっと手に力が入る。ダメもとで話してみるしかないかもしれない。

「すごく、才能がある人を知っているんです。知り合いだという贔屓目《ひいきめ》を除いても、その人の書く物語が世の中に出ないまま埋もれるなんて我慢ならないくらい。そんな才能を見つけたんです」

「ふーん……？　なら、自分で企画書出せばよくないか？　知ってるだろうけど、普通新人は最初から編集部に配属されたりなんかしないんだぞ。……まさか人事にもこんなことしたんじゃないだろうな？」

「してません。配属は、きっと間瀬先生のファンだという理由で決まりました」

「あぁ、著書を全部読んでるんだったな……。じゃあもう叶いかけてる」

「ダメなんです。新人の、通るか通らないかわからないような企画じゃ。駄目だったっていう結果を残せば、逆に書籍化のチャンスは遠のいてしまいます。編集長が推してくださることに意味があるんです」

「なるほどな……。でもそれは、聞けない」

「……」

そりゃそうだ。麻衣子にもわかっていた。正攻法では無理だとわかっていたから、既成事実に走ろうとしたのだ。この作戦はもう失敗に向かっている。

「お前がこんな裏で手をまわして、それで出版が決まったとして。そいつは喜ぶのか？完全な出来レースじゃねぇか」

「彼が知ることはありません。一生言いませんから」

「やっぱ男か……」

「……」

余計なことを口走ってしまった。

倉田は面倒くさそうにため息をついて、言った。

「そんな私情で出版はできない。まだわかってないかもしれないけどな、本一冊世の中に出るまでには、そりゃもう大勢の人間が動いてるんだよ。誰かの我が儘に付き合わせるわけにはいかない」

「……そうですよね」

倉田の言っていることはその通りだと思った。どれだけ間宮の書く物語に価値があると信じていても、現状それを認めているのは自分だけ。これは麻衣子の我が儘でしかないのだろう。そんな我が儘ひとつに、たくさんの人を巻き込めない。――目に触れる機会さえあればいいのに。麻衣子は悔しかった。知らないからわからないだけで、彼の描く物語は洗練されていて新しい。奥の手と思っていたが、自費出版……と、別の方法を頭で探りかけていた、そのとき。

「ん」

倉田が手のひらを上に向けて麻衣子に差し出した。

「え？」

「ん」

「ん……？」

よくわからずその手に自分の手を重ねる。

「違う。そうじゃねぇ」

「え、結局エッチするのかよと思ったんですが……」

「ちげぇよ馬鹿娘が！ 原稿だよ原稿！ そんなに言うんなら、持ってるんだろ。そいつの原稿」

「……読んでくれるんですか？」

意外な展開に、心臓が鼓動を早める。

「言っておくけど出版するわけじゃないからな。お前がそんなに賭けているから、面白い可能性があるかもしれない、と思っただけだ。本当に面白いならな、お前が自分の体張らなくたって、そのうちそいつは日の目を見るんだよ。運の要素がないとは言えないけど、実力があれば必ず誰かの目にとまる」

「……はい」

倉田の言うことが存外にまともで、さっき〝顔しか良い所がない〟と言ったことを心の中で撤回する。心の中でだけ。

ソファに投げっぱなしだった鞄の中から、Ａ４の茶封筒に入れた原稿を大事に大事に取りだして、倉田に手渡した。

「恋愛小説か」

「そうです」

「ふん……」

受け取った原稿の表紙を裏にまわして、視線を紙の上に滑らせながら倉田は言う。

「ハニートラップなんて、お前学生時代どんだけ男遊びしてきたんだ、恐ろしい……」

「男遊び？　心外です。そんなのしたことありません」

「は？」

嘘付け、みたいな顔をされたが、麻衣子は嘘をついていない。

「誰かを本当に好きになったことなんてありません。付き合ったのも大学時代に一人だけですし」

「いや、だから。付き合ってなくてもほら……」

「私ビッチじゃないですよ」

「そこまで言ってないだろうが」

「別にそう思っていただいても困りませんけど」

「かわいくねぇっ……！」

そう言いながらまた倉田は原稿に視線を落とした。おしゃべりはいいから、真剣に原稿を読んでほしい、と麻衣子は思う。

「一人しか男知らないでよくあんなあざとい振る舞いができるな」

「……教材は恋愛小説です。それこそ間瀬みどりさんの小説とか、何度も読みました。小さい頃からそればっかり読んでたせいか、実際の恋愛っていまいちワクワクしないんですよねぇ……」

そう言うと倉田はまた原稿から顔をあげて、あわれむ目で麻衣子を見る。

「そりゃまた何とも言えない話だな……。お前、恋愛知らねぇのか」

「いいえ、何だってわかりますよ。遊女の恋も初恋の甘酸っぱさも。男なんて馬鹿ばっかりだと思う気持ちもわかるし、指が触れるだけで心臓が飛び出そうな気持ちも理解できます。言葉にできない思いを、きちんと言葉にしてくれた作家たちがいますから」

「……ふーん」

「いいから黙って読んでください」

「ほんと生意気だわこの新人は……」

そのやりとりを最後に、倉田は原稿を読むことに集中した。途中同じ体勢がつらかったのか、寝転がったり胡坐《あぐら》をかいたり仰向けになって原稿をかざしたり、ベッドの上で姿勢を変えながら最後まで原稿を読んだ。麻衣子は待っている間体育座りをしたりストレッチをしたり、勝手に洗面所を借りて石鹼で化粧を落としたりしていた。初めて訪れた上司の家で。

さすが数々の原稿を読んできた編集長、と言うべきか。一時間半ほどで百枚以上あった長編小説を読み切ってしまった。

ベッドの上で伸びをしている倉田に向かって、そっと声をかける。

「……どうでした？」

んー、と倉田は一瞬だけ思案する顔になってそれからきっぱりと言った。

「こいつはだめだ」

「どうして？」

「お前が、良いって言うのもわかる。確かに展開は面白いし、新しい。読者にもウケそうだなって思うよ」

「だったら！」

思わず声が大きくなる。しかし倉田は片手を出して麻衣子を制した。

「でもこの原稿には致命的に欠けているところがある」

「……」

「お前もなんとなく、わかってるんじゃないか。だから日の目を見るチャンスを待たずに、こんな方法で力技に走ろうとしたんじゃないのか」

「……教えてください。致命的に欠けているものを」

たぶん、倉田とは同意見だ。けれどこの時の麻衣子には、それをどうすれば補《おぎな》えるのかがわからなかった。

「この原稿の著者は、失恋をしたことがないんだろうな……。失う切なさとか、憤りとか、そういう負の感情の描写がまったくリアルじゃない。ストーリーが面白くても、これじゃ読者はまったく共感できないだろう」

麻衣子は返す言葉がなく、こくりと頷く。倉田はそっと丁寧に原稿を持ち上げて、麻衣子へと返した。

「出版はできない。でも実力があるのは確かだ。心理描写をもっと突き詰めて、何か賞に出すんだな。根回しとかは一切できないが、それが一番近道だと思う」

「……ありがとうございます」

「それで、その目的がこの編集部で叶わないとなると、お前はウチを辞めるのか？」

一瞬迷って、麻衣子は首を横に振る。

「いいえ。いつか彼が作家になったら、その編集は私がやるんです。そのときまで辞めません」

「そうか。なら折橋、お前は明日から間瀬みどり先生の担当だ」

「え？」

「あー、くそ。もう朝じゃねぇか……。今日挨拶に連れて行くから、その辺のソファで適当に寝ろ。そんでちょっと寝たら、午前中はもういいから一回帰ってシャワー浴びて着替えてこい」

「あ、はい」

「そんじゃおやすみ」

そう言って倉田は、本当に眠りだした。

「……」

麻衣子の計画は、うまくいったとは言えない。課題は何も解決していない。けれど倉田の言葉で、大丈夫な気がしていた。〝実力がある〟。麻衣子の思い込みではなかった。初めて自分以外の人間が間宮の文章を認めた。そのことが嬉しくて。嬉しくて嬉しくて、ぎゅっと唇をかみしめる。

——あとは、感情の描写だけ。どうしたものかな、と悩みながら、間宮の原稿を胸に抱きしめてソファで眠りについた。これが入社一年目の春のこと。

六年近く経った今でも、間宮はこのことを知らない。

*　　*　　*

——目的のためなら、手段を選ばないタイプなんです。

麻衣子のその言葉を聞いて、間宮の目は、明らかに怒っている。

「誰と寝た？」

「言えませんよ、そんなこと」

「言えよ。……誰が、お前に触れた？」

「っ」

気付くと後ろから抱きすくめられて、いま火を扱っていなくてよかったと安堵する。卵焼きはすでにお皿の上。麻衣子は身をよじって腕から抜け出そうとしたが、もがくほどに抱きしめてくる腕がきつく体に絡みついた。

「……やだっ、言わない……」

「ふーん……」

耳たぶに唇が触れる。歯は立てず、唇だけで優しく食《は》まれると、どうしても甘い息がこぼれた。

「ここも触らせたの？」

「っ！」

そう言って指先で内腿に触れてきた。焦って身をよじる間に、右の乳房も鷲摑まれる。

「や……やめて」

「触らせたんだろ？　他の男に。……ここも？」

内腿に触れていた手がそのまま上にのぼってきて、恥丘へと触れる。途端、麻衣子の体は強張《こわば》る。金縛りにあったように動けなくなり、その間にも間宮は麻衣子のスカートをたくしあげ、ショーツとストッキングを一緒に膝まで下ろした。

「っ、いやっ」

「嫌じゃない。そんなの聞かない。……触らせたところぜんぶ、俺が上書きする」

「触られてなんかない……」

「それはおかしいな。さっきは寝たって言ってたのに？　本番しといて触られてないわけないだろっ……！」

「っあ……！」

語気を荒げるのと同時に熱く硬くなったモノが麻衣子の中に押し込まれる。急な抽挿《ちゅうそう》に体が驚く。けれど先ほど少し触られただけで濡《ぬ》れていたらしく、すぐに快感が押し寄せてきた。〝感じやすいほうで良かった〟と場違いなことを思って、それすらも押し寄せる快楽の波にさらわれていく。

「あっあっあっ……」

ぱんぱんと後ろから打ち付けてくる腰が止まらない。シンクに両肘をついて自分の体重を支えながらふと、窓が開きっぱなしだったことを思いだし、慌てて片方の手で自分の口を塞ぐ。

「……そう、良い子だな。ちゃんとそのまま口塞いでろよっ……」

「んんっ……！」

そう言って彼は麻衣子の腰を高く抱え上げ、角度を変えた。よりイイところを突かれて、麻衣子の声が塞いでいる手のひらから漏れていく。こんなに、セックスは。こんなにも気持ちいいものだっただろうか……。過去に彼と抱き合ったときのことを思い出しながら、麻衣子は今の快感に思い当たってハッとする。過去にも一度だけ、似たような感触で……。気付いたとき、麻衣子は泣きそうになった。

「……間宮先生！　まさかゴムを……」

「あぁ、着けてないよ」

さらりと言い放たれた返事に絶望する。

「やだぁっ」

「そんな泣きそうな声出したってもう入ってるし」

「あぁっ……」

感触がまったく違っていたのだ。0.1ミリ以下の壁がないというだけで、直に触れる熱さは直接中を擦り麻衣子を絶頂へと押し上げていく。避妊していないという危機感からか、着けていないとわかると快感は倍増した。

「あっ、あ、あぁん……！」

「顔、こっち向けて」

そう言って彼は左手で顎に触れ、強引に麻衣子を振り向かせて口を吸った。唾液の糸がひくキスをする。

「はぁっ……えっろい顔。頬も赤くなって……やばいな。気持ちいい……っ……」

腰の動きはどんどん激しくなっていくばかり。部屋に二人の交じり合う淫らな音が鳴り響くなか、低い声が耳元で囁く。

「なぁ、麻衣子……このまま中に出してもいい？」

「ぁっ……ダメにっ、ん、決まってるでしょっ……」

「はっ……本当に？　中に欲しくない？」

「……んんっ」

ふるふると泣きながら首を横に振る。感じすぎてもう、舌がうまくまわらない。

「……中に。っん……子宮の、奥のほうに。熱いの、いっぱい注いでほしくないか？」

「っ!!」

「……体は正直だな。今、俺のこと思いっきり締め付けただろ。なに期待してるんだよ
……っ、出すぞ」

麻衣子はついに観念して、快楽に体を預けた。

「っ……出してっ。奥に、いっぱい出してぇっ……」

耳元に間宮が笑う息がかかる。

「はっ……はぁっ、麻衣子っ……麻衣子っ……！　っ、出るっ」

「あっ、んっ、あぁーっ……！」

最後に腰を大きく引いた一突きで、中で弾ける。二人はずるりとキッチンに座り込んだ。

＊　＊　＊

——という内容の原稿を読まされた。

「っ……間宮先生のあほー!!」

読み終えた原稿を畳に叩きつけた。ばさりと数枚の原稿が広がる。

「どエロ小説じゃないですか！　ちょっと青年誌チックな！」

「先生に向かってあほとはなんだ。あと原稿を投げるな。編集者失格だぞ」

〝目的があって男と寝たことあるのか〟という質問の後、怒ったのかやけに黙々と原稿に向かっていると思ったら、間宮はこんなものを書いていた。眩暈《めまい》がする。

「なっ、名前が麻衣子にっ」

「麻衣子なんてそう珍しい名前じゃないだろう」

「間宮先生も出てくる！」

「間宮はちょっと珍しいかもしれないけど、無い名前じゃない」

「……ダメって言ったのに中に出した！」

「こら、窓開いてるのにそんなこと大きい声で言うなっ。小説の中の話だ」

「っ……」

羞恥《しゅうち》で泣きそうだ。いっそもう殺してくれと両手で顔を覆う。

「原稿の中で間宮先生にレイプされたっ……」

「失礼だな。レイプじゃないだろ。お前も最終的には中に欲しいって言ったし」

「言ってないし今お前もって言いましたね⁉　訴えます！　そして勝ちます！」

「いいのか？　今俺の悪いニュースはお前の出版社に痛手だと思うけど」

「くッ……！」

　直接手を出してくるのを控えてくれるようになったかと思えば、これだ。

　原稿の中であんなシーンを描いた間宮は、本当にタチが悪い。それは麻衣子を登場させた官能小説だから、ということではなく。……内容にも問題がある。それは麻衣子にだけわかる、過去のある日を思い出させる内容だった。

★　編集さんの回想3　汚したいスーツとさよならの儀式

麻衣子が編集者になった翌年、間宮は人生の岐路に立たされていた。周りの学生が就職活動で内定を決め、黒く染めていた髪がまた明るくなっても、間宮はパソコンでエントリーシートを書くことなく、小説を書いていた。それでよかった。

この日。週のど真ん中、すでに仕事で疲れ果てた麻衣子は間宮の部屋に着くなりボスッとソファに深く沈み込んだ。麻衣子が大学を卒業して働きだしてから、二人が会える時間はうんと少なくなって。それでも麻衣子は、早く仕事が終わった日には間宮が一人で暮らすマンションへと帰っていたし、次の日が休みの場合は泊まるようにしていた。

んー、と大きく伸びをして、くたりと全身の力を抜く。それを見ていた間宮は麻衣子に声をかけることなくキッチンへと立ってしまう。え、冷たくない？　とこっそり寂しくなっていると、間宮はマグカップを二つ持って戻ってきた。

「……いい匂い」

「柚子《ゆず》茶にしてみた」

ん、と言って一つを私に差し出してくる。熱いぞ、と注意して、ゆっくりと手を放していく。両手で受け取ると爽やかな香りに包まれた。ベタベタに甘やかしてくれるわけではないのだけど、この気遣いは絶妙だ。一口飲むと胸の中が温かくなってほっとする。

半同棲のようになって、間宮の部屋に麻衣子の私物が増えていく。歯ブラシが二つ。食器が二つ。枕が二つ。それだけじゃなくて、ゲームのコントローラーが二つ。クッションが二つ。生活必需品以外の自分の物がこの部屋に増えていくほど、間宮の心の中を自分が占める割合が増えていく気がした。計画が滞りなく進行していることを確信して、安心する瞬間。

「はぁ……」

大きく息をついた。マグカップをローテーブルの上に置いて、隣に座った間宮の肩に凭《もた》れ掛かる。疲れた彼女に甘えられて嬉しくない男なんていないだろうと、これでもかというほど庇護《ひご》欲を煽《あお》るようにして、がっちりとした肩に頬を擦り寄せた。

「お疲れだな」

「うーん……。今日入稿の原稿、インフルエンザになった先輩の分引き受けたらトラブル続出で……」

ちょっと疲れちゃったかも、と言って甘えてみる。ほんとはちょっとどころじゃなくてめちゃくちゃ疲れた。もぉやだー！　と言って床を転げまわりたいくらい疲れた。だけどあんまり愚痴っぽくなると重くなるから言わない。頼るのだってかわいく、程ほどが正解だ。

うと、と一瞬、眠りに落ちそうになる。間宮の肩は心地良い。

「寝るとまずいんじゃないか。明日も仕事だから今日は帰るんだろ？」

「……帰んない」

「え？」

「明日は有休とってるから。……泊まっちゃだめ？」

肩口から上目遣いで訊いてみる。額に間宮の吐息がかかってくすぐったい。じっと目が合った。分厚い眼鏡がいつも隠している、切れ長の綺麗な目。思わず、首を伸ばして唇にちゅっとキスする。

「……」

「別に泊まるのは構わないけど。有休取るなんて珍しいな」

間宮はキスを受け入れて何食わぬ顔でそう言った。何か反応してくれないとこっちが恥ずかしい。それに、有休を取った理由にも気付いてくれなくちゃ。

「……まぁ、たまには」

「あ、俺そう言えば明日午前中予定入れてたわ」

「え」

「朝寝ててもいいから、出るとき戸締りだけ頼む」

「……はーい」

この受け答えは。まさかとは思ったけど、本当に覚えてないな？　麻衣子は間宮の肩に頬擦りしながら眉間に皺を寄せる。明日は二人が付き合い始めた記念日だ。

別に記念日に特別なこだわりがあるわけではない。ただ不満なのは、〝お前私のこと好きなんじゃないのかよ！〟ということ。放課後の部室で、彼は確かに自分に落ちた。それなのに間宮は、付き合い始めると余裕綽綽《しゃくしゃく》。〝ベタ惚れです〟なんて様子は見せないし、記念日は忘れているし。エッチをするとき以外は甘い言葉も吐かない。

「……」

あれ、これってもしかして。


体目当て？


「……どうした、さっきからじっと人の顔見て」

「……」

疑いの眼差しを向けても間宮は不思議そうに首を傾げるばかり。別にいっか？　体目当てでも。どうせ自分も、本当に間宮に恋してるわけではないのだから。嘆くことも苦しむことも特にない。……いや、ダメ、よくない。きちんと恋をしてくれないと、麻衣子の計画は根本的に破綻してしまう。

頭の中でぐるぐる考えていると、間宮の大きな手がするりと麻衣子の頬を撫でる。温かな手にピクッと反応して、見つめたままでいると間宮の顔が近付いてきてキスをされた。

「ん……」

自分のこれは、恋じゃないとわかっている。じゃあ間宮の気持ちは？

「……ん、麻衣子……」

ねっとりと舌を絡めるキスの合間に、間宮は麻衣子の名前を呼んだ。口を離すと今度は耳に唇を寄せて囁いてくる。湿った唇が開く音だけでたまらない気持ちになった。

「泊まるんなら抱いていい……？」

「……うん」

麻衣子は恥じらいながら頷いて見せる。恋じゃなくても、キスをされるだけでこの体は素直な反応を見せていた。服を一枚一枚、丁寧な手つきで剝《は》がしていくその工程に体は期待を煽られていく。

疲れていたって関係ない。恋じゃなくても、こうして肌を重ねることが活力になっていると認めざるをえない。本能だし。三大欲求だし。

「……あ」

――恋じゃなくても。しつこいほどに自分の中で繰り返した。そのくせ間宮のそれは、恋じゃないと困るのだ。

「間宮……」

「麻衣子、かわいい」

ソファの上で抱きしめられて、キスをされながら胸を弄られると何も考えられなくなっていった。間宮の細長い指の先がころころと乳首を転がす度、甘く体が疼いて、早く激しく愛されたくて。蕩けていく思考の中で最後に問いかける。

「間宮っ……」

「ん?」

「私のこと……好き……?」

「何訊いてるんだ今更」

「っあ」

「好きじゃなかったらこんなに抱かない」

いつもなら素直に受け取れる言葉がなんだかやけに引っかかる。抱くことが愛情の基準って、それは恋なのか? まさか本当に体目当て? 記念日も覚えてないし。結局、間宮はどれくらい自分のことを想っているのか。悶々とした気持ちのまま麻衣子は間宮に抱かれ、夜は更けていった。

――翌日。早朝近くまで喘がされ続けた麻衣子はなかなか目覚めず、隣の部屋のインターフォンが鳴る音でむくりと体を起こした。予定があると言っていた間宮は外出しているらしく、ベッドを一人で占拠している状態。午後二時過ぎ。起き抜けに麻衣子は、自分がきちんと間宮に愛されていることを知る。

自分の右手を見つめながら、麻衣子はしばらくぼーっとしていた。そこで玄関からガチャガチャと鍵を開ける音がして、思わずその場に正座する。帰ってきた間宮はスーツ姿で、麻衣子を見るなりネクタイを緩《ゆる》めながら言った。

「今起きた？」

「うん……間宮」

なぜスーツ？　と疑問に思ったけれど、そんなことよりも訊きたいことがあった。自分の右手の甲を間宮に見せる。

「指輪」

「うん、そうだ」

「……指輪！」

「だからそうだって」

シーツにくるまっていた麻衣子が目を覚まして最初に目にしたものは、自分の右手の薬指に嵌《は》められた指輪だった。

「なに、どうしたのこれ」

予想だにしなかった展開に、麻衣子は若干興奮気味に息巻いていた。期待なんてまったくしていなかった。あぁ記念日とか忘れてるなぁ、と一度突き落とされてからの指輪だったので、嬉しさが尋常じゃない。

「記念日に、買ってくれたの？」

「麻衣子そういうの大事って言いそうだし」

「私指輪の号数なんて教えてない」

「訊いてないからな」

「どうやって？　どうやって測ったの？」

「……前に泊まりに来たとき、寝てる間に」

「メジャーで？」

「うん」

――悶《もだ》える！　思わず両手で顔を覆った。間宮のくせに間宮のくせに間宮のくせに！

「……麻衣子？　その反応は喜んでるのか……？」

「うん……」

かわいらしくお礼を言うべきだ。こんなに締まりのないにやけた顔じゃなくて、ちゃんとかわいい顔をつくってお礼を言うんだ。そうしたいのにうまくできない。口元がにやけるのをやめられない。麻衣子は両手で顔を覆ったまんまで言った。

「ありがとう、間宮。……ほんとに嬉しい」

「喜んでくれたなら、よかったよ」

まったく問題ない。折橋麻衣子は、間宮に愛されている。これでシナリオ通りだと喜びながら、それだけじゃないような高揚感に襲われる。右手の薬指がくすぐったい。

そこでやっと冷静になって、帰ってきた間宮を見たときから気になっていたことを口にした。

「スーツ、珍しいね」

部屋にいるときも外に出るときもラフな格好でいる間宮のスーツ姿は珍しい。ギャップはあるもののすらっとした体型にはよく似合っていた。けれど嫌な予感がする。この時期にスーツを着る目的なんて、そういくつもない。

「俺就活はじめたから」

……やっぱり。そこに行きついてしまったかとがっかりしながら、麻衣子は間宮の話を聴くことにした。

「えっ……どうして？　小説は？」

「作家になれるかもわからないのに、いつまでもふらふらしてる男嫌だろ？」

「……私のため？」

麻衣子は眉根をひそめて複雑な顔をする。しょーもない、と言ってしまいそうなのを必死で我慢した。かわいい彼女として正しく振る舞うのなら、感動すべきところなのかもしれない。でも〝作家になれるかもわからない〟なんて弱腰で、その上、女のために諦めるなんて。反吐《へど》が出る。

「別に書くことはやめないよ。投稿も続けるし。ちょうど一個書き上げたとこだから読んでみて」

手渡された原稿は麻衣子のためにプリントアウトされたものだ。原稿からはインクの香りがして、引っ叩《ぱた》いてやりたい気持ちはそれで少し落ち着いた。

原稿を抱え、定位置へ。壁に凭れかかって読み始めた。散々抱き合ってからシャワーを浴びたあとの、下着に間宮のシャツを着ただけの姿のままだったけれど気にしない。

「コーヒーいる?」

「お願い」

返事はするけれど、読み始めた原稿からもう視線を上げることはない。

原稿を読みながら考えていたことは、ただ一つだけ。

読み終えて視線を上げると、間宮はスーツからいつもの私服に着替えて文庫本を読んでいた。

「……初めて読んだ」

「ん？」

「間宮が書く官能小説」

「初めて書いたからな」

「官能小説というか、官能を用いたきれいな恋愛小説というか」

「……感想は？」

「……」

足りないのは本物の切なさ。

「……保留、でもいいかな」

「保留？」

「もう一回きちんと読むから、またあらためて。原稿借りて帰ってもいい？」

「いいけど」

「よし！　お腹すいたよね？　ぱぱっと何か作っちゃおう」

「いや、麻衣子、それはいい。俺がやる……」

「えー」

明らかに手料理を食べたくなさそうにされて、むくれて見せる。いつも通りだ。結局間宮が手早くチャーハンを作ってくれて、それを二人で食べた。その時、たまたまつけていたテレビの音楽番組。それが、間宮と麻衣子のその後の人生を決めてしまったと言って、いいと思う。

間宮はスプーンを口に含んだまま、じっとテレビに釘付けになっていた。

「これ」

「ん？」

「この曲。うまいと思う。あんまり流行りの歌とか好きじゃないけど、歌詞が。選んでる言葉が本当に、切ない」

それは終わった恋のつらさを表現した歌だった。また自分を好きになってほしい、と。明日もまた会いたいと願ってしまう気持ちをうたった歌。確かにこれはうまいと麻衣子も思った。

曲が終わり、ステージを終えた女性ミュージシャンが司会者のいる席に戻ってきてトークを始める。

『いやーこの歌詞はリアルですよね。この〝現実にありそう〟なかんじが共感を呼んでヒットしている理由だと思うんですが、歌詞はどうやって考えたんですか？』

『実はですね……。その当時付き合っていた彼氏と別れてみて、ぼろぼろ泣きながら書いたんです』

『曲をつくるためにですか⁉』

『はい。経験しなきゃ、どうしても中途半端な歌詞しか書けなかったので……』

『それは……彼氏もかわいそうですね～』

　笑い話として語られていたが、麻衣子も間宮も笑わない。食い入るようにそのトークを見ていたのは、麻衣子のほうだ。

　麻衣子は自宅に帰ってからも間宮の新しい原稿を読んだ。原稿を読み込むほどに、気持ちは固まっていく。——やっぱり、それしかないんだ。倉田に間宮の小説に足りないものは〝負の感情描写〟だと指摘されてから、どうすればそれが書けるのかずっと考えていた。結果、麻衣子も薄々はわかっていたことが、あの音楽番組で確信に変わった。〝経験〟しかないんだ。

　次に会ったら言おう。そう決めて、指輪は右手の薬指に嵌めたまま、間宮の原稿を抱きしめながら眠った。

　いつものように間宮の家を訪れると、彼はまたスーツを着ていた。

「今日もスーツなんだ……」

「面接だったんですー」

そう言って、ネクタイを緩めて首元をくつろげていた。案外似合うスーツ姿は、写真に収めたいくらい素敵だけど。似合うけど、似合わない。間宮には。

「ねぇ」

ゆっくりと距離を詰めた。立ったままの間宮に見下ろされる。

「なに?」

「脱がせてあげる」

「え?」

状況を理解させないままにジャケットを脱がせて、シャツのボタンに手をかけた。

「……麻衣子?」

そっとYシャツの中に手を滑り込ませるとさすがに焦ってきたらしい。ぱっと肩を掴まれた。動揺を見せた瞳に身長差の分だけ見下ろされて、ゾクゾクする。

「ちょっと、待て。ストップ。どうし……ん」

うるさい口は塞いでしまう。間宮は驚いて目を見開いたけれど、構わなかった。キスをやめない。温かな口内を侵すように舌を絡めては息継ぎに唇を離し、また貪った。全部、自分から。

「っ、今日、なんでこんな、積極的、に……んんッ」

「ん……ベッド、座って」

そう促《うなが》すとゆっくりとした動きで間宮はベッドに腰掛け、麻衣子はキスを続けながらその上に跨《また》がった。

「うぁっ」

べろりと耳の中を舐めると間宮は声をあげる。

「ばっ……麻衣子！　それ、くすぐったっ……あっ」

必死でこらえている間宮が珍しくて。目的半分、もっといじめたい気持ち半分で楽しんでしまっていたかもしれない。白状すると、すごく楽しかった。耳から唇を離して正面から顔を覗くと、彼は赤くなっていて。

「スーツってなんか」

にやりと扇情的に笑って見せて、麻衣子は言う。

「えっちだね」

「……それ女が言うかな？」

さっきまできっちり着ていたスーツが肌蹴《はだけ》ているのは冗談でもなく色っぽくて、着崩させたことに満足がいった。間宮はスーツなんか着なくていい。

麻衣子がかちゃかちゃかちゃと不器用にベルトを緩めると、間宮は観念したのか、もうどうにでもしてくれと言うように無抵抗だった。スラックスとパンツを一緒に膝まで引きずり下ろすと、硬く雄々《おお》しいものがこぼれ出て直立する。

「……興奮した？」

「……彼女が、いつになくエロいとそりゃあ」

こうなるだろ、と。彼がこんなにもされるがままでいることは今までなかった。麻衣子は止めることなく、猛《たけ》ったモノを跨ぐようにして膝立ちになり、ゆっくりと腰を下ろしていく。フレアスカートでよかった、と意外に冷静な頭で思った。

「おい待て、ちゃんと脱がないと汚れる」

彼はまだ新しいスーツを気にしていた。けれど麻衣子は、彼のスーツなんか汚れてもよかった。むしろもう着られないくらいに、汚れてしまえばいいと思っていた。

気にせず腰を下ろす。自分のショーツを脱ぐ間も惜しんで、横にずらすだけで彼のモノを中へと導いた。急な圧迫感が麻衣子の膣内を押し拡げていく。

「っ」

間宮の顔が刺激で歪む。麻衣子も一気に中を貫いた刺激に堪えきれず、間宮の上に倒れ込んだ。

「麻衣子っ……しかもこれ、ナマっ……」

麻衣子の肩口に唇を押し付けて、間宮は必死で何かをこらえているが、腰が勝手に動いてしまっている。まずいと思いながらも体は抗えないようだった。避妊具をつけずにするのもこれが初めて。

「んっ、あ……っ、気持ちいい……？」

麻衣子も既に蕩けきっていた。何にも阻まれない感触はダイレクトに間宮の熱を感じ取って、愛しさが増す。いつも余裕な顔で自分を抱く彼が、今は我慢が利かずに夢中になって腰を振っている。それがとてもかわいい。気持ちいいかという問いかけにもこくこくと頷いた。

「これ、やばい……。頭、働かなくなるッ……」

――それでいい。

繋がったままで。麻衣子は今日、間宮に伝えるべきことがあった。

「間宮」

律動のなか、そっと名前を呼んで頭を抱きしめる。

「ん……なに？」

「別れて」

「え？」

動いていた腰が、さすがに止まった。

「……今、なんて？」

「私と別れてください」

「……どうして」

動揺を隠せず揺れる瞳に、ちくりと胸が痛む。誤魔化すようにそっと彼の背筋に指を滑らせた。快感が途切れないように。彼が萎《な》えてしまわないように。

「この間見せてもらった原稿……。あれ、本気でしょう？　あの路線でいくってことでしょう？　ごめんなさい。私、彼氏が官能小説家なんて堪えられない」

「別に、そういうわけじゃ……。官能にこだわるわけじゃない」

「でも、あの原稿自信あるよね？　まだブラッシュアップは必要だけど、手応えは感じたでしょう？　今本屋に並んでいるものにはない、新しいものが書けた手応え」

「それは……」

「せっかく手に入れた武器を捨てることないよ。ただ、私はもうあなたに付き合えない」

「……そう言いながら、これかよっ……」

しゃべりながら首筋に舌を這わすと、間宮は不本意ながら感じてしまっているようだった。ギン、と中で硬くなった間宮に、麻衣子も喘ぎそうになる。

「んんッ……私とのこういうこと、書かれたくないし」

「書かない。……っていうか、真面目な話なら、上から降りて……っ」

ぎゅっと抱き締めて密着した。結合部を自分から擦りつけると、間宮はより苦しそうな顔になる。

「っ、麻衣子！　やめ、っ。出そうになる……！」

「……出して」

そっと囁くと、こんな会話の最中にも関わらず彼のモノはまた膨張する。萎えることを知らず。

「……ふざけんなよ。別れ話しておいて、出してじゃないだろ……」

「いいの。出して。……最後にほしい」

自分でも矛盾しているとわかっていた。

今思えば、あれは賭けだったのかもしれない。もしあの時子どもができていたら、麻衣子の計画は完全に潰れていた。なぜそんな賭けをしたのかは、自分でもわからないけれど。

「ぜんぶ頂戴」

かすれる声でそう囁くと、間宮は舌打ちをして激しく腰を打ち付け始めた。

「あっ、あぁんっ！」

「麻衣子っ……麻衣子ッ！」

そこから先は何も言わずに、ただただ腰をぶつけあって。今までしたどのセックスよりも、感じて。

「んっ……イクッ、麻衣子、あっ……出るッ！」

「っ……あぁーッ……！」

ほとばしって、果てた。

間宮は荒い呼吸を繰り返しながら、麻衣子の中に種を残そうと奥へ奥へ擦りつける。ドクドクと注がれたお腹の中が熱い。そうまでしても、なんとなく、子どもはできないだろうとわかっていた。計画は予定通り進む。二人の間に、確かな繋がりは何一つ残らない。

中からずるりと抜き出されて、浅い呼吸のまま麻衣子はベッドに寝転ぶ。

「……なぁ」

「……」

「麻衣子」

「……」

「別れるって、嘘じゃないのか」

「……」

「……寝た？」

そうして最後の夜は更けて、初めて間宮に背中を向けて眠った。

間宮があんなシーンを書いたのは、昔の麻衣子に対する当て付けなのかもしれない。

☆　素直な彼女

受賞後一作目の執筆は二人が思っていたよりも難航していた。昔のことには一切触れずに仕事をしてきた二人なのに、麻衣子のうっかりでキスをしてしまったり、間宮が麻衣子に手を出すようになってしまったり、間宮が過去の麻衣子への当て付けに小説を書いたりと色々あったけれど。二人は小説を作らなければならない。

描写に技巧を凝らし、展開に意外性を持たせていく。一つずつ課題を解決していくものの、どうにも何かが足りなくて。核心に届かない打ち合わせが回数を重ねていき、間宮はパソコンの前で腕を組んで止まっていることが多くなった。

そんなある日のこと。

「熱？」

『はい、ちょっと下がらなくて……。すみません』

間宮は、電話の向こうから聴こえる麻衣子の弱々しい声に戸惑った。

「や、別にいいけど大丈夫なのか。食べるものとか」

『平気です。一日寝たらばっちり復活するんで。打ち合わせだけごめんなさい、明日にさせてください』

「わかった……ちゃんと休んで」

ありがとうございます、と彼女が言って電話は切れた。スマホを耳から離して、自分が結構がっかりしていることに気付く。

電話を聴いていたらしい司馬が部屋を覗いてきた。

「折橋さん体調悪いの？」

「あぁ……なんか熱があるらしい」

「まじか。……和孝チャンス！　家行って看病してあげたら？　弱ってるとこに付け込んでむふふな展開が期待できるかもよ」

「できねぇよ」

あほか、と一言突っ込むと、つまんないねと言い返される。

「でもほんとに、そんなきっかけでもないとさぁ」

「きっかけなんて生まれないようになってる」

「え？」

「麻衣子の家なんて俺知らないし」

「知らないの⁉」

「付き合ってたときから知らない」

「信じられない……。長い間一緒にいるくせに……」

確かにそうだ。あまり深く考えたことはなかったけれど、彼女が一人で過ごす部屋を間宮は知らない。片付いているのか、散らかっているのかもわからない。

「それならなおさらさ、家訊いて行ってみちゃえば？」

「ほっとけよもう。絶対家なんて教えてくれないし素直に看病されてもくれないだろ」

「まぁ、折橋さん頑固だしね……」

そう言われて、取り掛かりはじめた原稿のヒロインの性格もとても頑固なことに気付き、手を止めてしまう。

「……」

「和孝も頑固だけどねー」

「……」

「無視すんなよ寂しいだろ相手しろよ」

「原稿中だ。邪魔すんな」

「なんか和孝カリカリしてない？」

「うるせぇな溜まってんだよ」

「おーおー、禁欲生活の作家先生は大変ですなぁー」

「しばくぞ」

司馬に茶々を入れられながら執筆する。禁欲生活、と言われて腹は立ったがその通りだと思った。麻衣子と別れてからずっと。今までずっと。触れられないから書いていた。めちゃくちゃにしたいから書いていた。原稿をチェックされる度に、ばれてしまうんじゃないかと思うほど、育てるしかなかった欲望をぶつけてきたと思う。こんな会えない日だって。

麻衣子もいないのに、司馬は珍しくなかなか帰らない。畳の仕事部屋からもなかなか出ていかず、腹を出してごろごろと転がっていた。

「司馬」

「うす」

「動き回るな、気が散る」

「えー今日はもう休もうよー。どうせ折橋さん来ないんでしょ?」

「……」

それはそうだった。打ち合わせは明日になったのだ。もうだいぶ煮詰まっていて、今日一人で進められることなんてほとんどない。

「そんなに溜まってるならさぁ、和孝」

寝転んだままの司馬が、悪戯を思いついた顔で言う。

「なに」

「女の子引っかけにいかない？」

「……お前って本当に見かけによらず遊んでるよなぁ」

「まだまだ遊びたい盛りなんでね。逆に和孝はストイックすぎるよ。ろくに女抱かずに、好きな女と二人でいて紳士でいられるもんか？」

その質問には答えかねた。きっちり我慢してきたつもりだったのに最近ではなぁなぁだ。麻衣子の態度が曖昧なのもあるが、間宮のセーブも利いていない。憂さ晴らしは小説の中でして（それを麻衣子に見せて）かろうじて抱いていない、というのが現状。

「ほら和孝！　着替えて！」

司馬は急かして、間宮を脱がせにかかる。

「わかったからやめろ！　ボタンをはずすな！」

言質《げんち》をとると司馬は満足そうに笑った。裏表のない好青年は偽りの姿。麻衣子にわからせてやりたいが、一度誘われている彼女はそんなこともう知っているのかもしれない。やっぱり面白くないと思った。

今、麻衣子は熱にうかされてベッドで眠っているんだろうか？　たぶん一人で。こういうときに様子を見に来てくれるような友達の存在を、麻衣子の口から聞いたことがない。彼女はまったくプライベートを話さなかった。だから、余計な心配なのかもしれないけど。彼女はそれで、幸せなんだろうか。

　次の日の朝、家に帰ると麻衣子が部屋の前で待っていた。マスクをしている姿は見慣れなくて、慌てて声をかける。

「なんで外で待ってるんだ！　鍵の場所知ってるだろ」

「……そんな、勝手なことできないですよ。先生のお宅で」

　そう答える目には感情がこもっていない気がした。かわいい顔をつくることも忘れているようだ。……何かに怒っている？

　彼女の表情を窺いながら鍵を開け、中へ入るよう促す。

「もう大丈夫なのか。熱」

「ええ、だいぶ下がりました。昨日はすみません、打ち合わせに来れずに」

「いや、それは構わないけど……。ちゃんと食べてる？」

「はい食欲はあります。マスクも移さないように念のためしてるだけなので、気にしないでください」

　そう言って彼女はパンプスを脱いで仕事場へと向かう。後ろをついて歩くと、麻衣子は廊下の途中でこちらを振り返り、じっと見つめてきた。

「ん……？」

なんだなんだと見つめ返していると、彼女は間宮の後ろに回り込み、顔を背中に押しつけてきた。……ほんとになんなんだ？

「……折橋さん？」

「間宮先生、変な匂いがする」

「……」

それは、昨日の女がつけていた香水の匂いのことだろうか。それしかないなと思い至って自然なトーンで返事をする。

「まじで？　それは大変だ。早く風呂入らなきゃ」

「間宮」

「……なに？」

久しぶりに呼び捨てにされて、動揺を必死で隠す。そっと背中から麻衣子を引き剝《は》がして振り返ると、マスクをしていてもわかるその表情に驚いた。

「……なんで泣きそうな顔してんの？」

麻衣子はじっと俯いて、質問には答えない。代わりに小さな声で質問を返してきた。

「適当に女の子と遊んだの？」

「……麻衣子？」

なにか様子がおかしいと思い、そっと頭に触れようとする。

「触んないで」

ぱしっ、と触れようとした手ははたき落とされた。一瞬驚いたが、麻衣子の俯いた顔を覗きこむと——笑ってしまいそうになる。

振り払われた手でもう一度。ぽんぽん、と麻衣子の頭を撫でて、その頭を自分の胸に抱き寄せた。

「あんだけ風俗がどうとか言っといて」

「……風俗は違うじゃない。そこには少しも気持ちなんてないでしょう?」

「気持ちがあったら、なんで嫌なの?」

「……」

「行きずりに気持ちなんてないし、行きずってもないけど。……泣きそうな顔してるのはなんでなのか訊いていい?」

「だめ」

「ほんとにずるいよお前は」

きっとこんな緩さで。甘やかさで。手に入らないくせに満たされてしまう幸福に縛られている。今回みたいに別の女で埋めてみようと試みたところで、結局彼女の顔が頭に浮かんで勝手な罪悪感で萎えてしまうんだ。結局一人バーで過ごした時間にも、考えていたのは麻衣子のことばかりで。ほんとどうしようもない。

　少しして麻衣子は我に返ったのか、すっと胸から離れていった。気まずさを隠すようにマスクを目の下ぎりぎりまで上げている。

「すみません……仕事しましょう」

「できるのかそんなに赤い顔で」

「赤くありません！」

「いや赤いだろ。熱上がってないか？」

「あぁ……」

　曖昧に返事してふらふらとしながら原稿を机に広げる麻衣子。おいおい大丈夫かと不安になりながら、水を一杯手渡す。

「ありがとうございます」

「俺、一瞬だけ風呂入ってくるけど」

「どうぞどうぞ。その間にちょっと読み直しておくので」

「大丈夫かよ本当に……」

　風呂からあがると案の定彼女はダウンしていた。間宮は髪を乾かすのも後回しにして彼女をベッドに運ぶ。

「ん……」

「暴れるなよ」

抱き上げた彼女は軽くて、やっぱり昨日はまともに食べていないんじゃないかと思った。ベッドに降ろすと薄く目を開ける。高熱が苦しいのか呼吸が若干乱れていた。ブラウスのボタンの上二つほどをはずし、首元をくつろげてやる。

「何、するんですかっ……」

「心配しなくても何もしない」

そう言って額に触れるとものすごく熱い。外に出たことでぶり返してしまったらしい。

枕元に頬杖をついて麻衣子を眺める。

「あー……」

「……なに？」

「エロい。上気した頬も潤んだ目も、肌蹴た服もぜんぶエロい。食べてしまいたい」

「っ……！　肌蹴させたのは自分のくせに！」

「ちょっと楽になっただろ」

麻衣子は悔しそうにこくんと頷いた。彼女が素直なのをいいことに、思ったままが口から出る。

「なぁ……。熱あるときにするのって、ちょっと気持ちよさそう、とか思わない？」

「……思わない」

「ほんとに？」

「……」

「体にこもった熱が相手の体に移動するんだなーって思うと、ゾクゾクするよな」

「そういうこと言うのやめて」

「疼いてくる？」

「……」

うん、と頷くからたまらなくなって、頭を撫でた。熱は相変わらずひどい。麻衣子は苦しいのか目に涙を溜めている。それがセックスしたあとの顔に似ていると言ったら、だるい体をおして殴ってくるだろうから言わない。熱を出してちょっとだけ素直になった彼女とピロートークの真似事をして遊ぶだけ。なんて不健康な遊びなんだろう。

麻衣子のうつらうつらとした瞳は、ゆっくりと閉じていく。

「おやすみ」

来てくれてよかった。仕事にはならないけれど、一人の部屋でいられるよりずっといい。もしもあの時別れていなければ、今でもこれが普通だったんだろうか。

「……」

多分そんなことはない。

次に麻衣子が目を覚ましたらまた元通り。甘い空気もかわいい嫉妬もなかったことになって、彼女は仕事に精を出す。そんなことを想像しながら、思う。

麻衣子が間宮の前から姿を消したのは、あの日あの音楽番組を見たからだ。間宮の小説に足りない切なさを補うため、失恋を経験させるために麻衣子は離れていった。多分それは間違っていない。でもそれならば、なぜ麻衣子は再び現れたのか。もう切なさは充分覚えただろうと、だから戻ってきた？　だったらどうして付き合っていた事実をなかったように振る舞う必要があるんだ。わからない。

「……」

間宮は思い出していた。麻衣子が自分の担当についた日のことを。あの日も麻衣子は、それまでの二人がすべてなかったものであるかのように、自然に、編集者の顔で目の前に現れた。

「……あっという間だった気がするけど、あれからもうだいぶ経つんだな」

そう言って頬を撫でても彼女はもう夢の中。寝返りを打ってこぼれた髪を、口に含んでしまわないように払う。再会してからの長い時間の中で、今になってようやく彼女はこんなに無防備な顔を見せるようになって。

いつまで続くだろう？　この関係は。いつまで自分は、我慢できるだろう。彼女と過ごす何度目かの冬が終わろうとしている今、限界はすぐそこまできていた。

★　編集さんの回想４　折り返し地点で〝はじめまして〟

別れ話をしたあの最後のセックスから、二人の間の連絡はぴたりと途絶えた。間宮からはもしかしたら連絡をとろうとしたのかもしれない。そうだったとしても、麻衣子は知りようがなかった。一方的に間宮との連絡手段を断ってしまったから。

消息を絶つことはそんなに難しくなかった。麻衣子がしたことはたった一つだけ。使っていた携帯の解約。あぁなんて薄っぺらな関係！　……と嘆くふりをしてみても、それは当たり前のことだった。いずれ間宮が小説に行き詰まったとき自分が姿を消すことも視野に入れて、そういう風に仕組んできたのだから。会うのはいつも間宮の部屋だったので彼は麻衣子の家を知らなかったし、出版社に就職したとは報告したが、どこの出版社かは決して明かさなかった。

間宮は投稿した恋愛小説で新人賞を獲った。

近く、受賞作で間宮はデビューする。賞を獲って出版社の人と連絡をとるようになれば、いずれ麻衣子がどこの出版社に勤めているのか探り当てるだろう。そんな風に間宮が麻衣子を探そうとしたかは、わからないけれど。あるいは間宮は接触こそしてこなかったが、麻衣子の勤め先をとっくにつきとめていたのかもしれない。

間宮が受賞した新人賞は、麻衣子の勤める出版社が主催する賞だった。会議室の奥で作家数名と各文芸誌の編集長、局長クラスの人間が集まり行われていた選考会のことは知っていたけれど、結果が社内で回覧されたときは、麻衣子も驚いた。

「これ……」

つい、回覧のボードを持ったまま立ち上がって、編集長のデスクまで詰め寄っていた。倉田はだるそうに視線をあげて麻衣子を見て、あぁ、と言う。

「勘違いするなよ。選考会にはいたけど俺はそれを推《お》してないんだ。でも選考委員の先生の間ではえらく好評でな」

「そうですか……」

「……もっと驚くかと思ったんだが」

「いえ……」

驚いたと言えば驚いた。でもこうでなければ困る。結果を出してくれなければ、麻衣子は何のために間宮の前から姿を消したのかわからないから。それでも、こんなに早いとは思わなくて。

胸の中で渦巻く嬉しさやもどかしさや息苦しさを飲み込んで、麻衣子はまっすぐ倉田を見た。

「……何だよ」

わかっているくせに、と苦々しい感情を殺して、麻衣子はよく通る声で言った。

「私に担当させてください」

その声は編集部にすっと広がって、それぞれ仕事をこなしていた先輩たちが麻衣子を振り返る。まだ三年目の若手が、一体何を担当させてくれと直談判《じかだんぱん》しているのかと。

「担当って？　今回の受賞者を？　お前が？」

倉田のその言葉に、編集部の空気がざわっとしたことが肌でわかる。社の名前を冠した新人賞、担当するのは決まってベテラン編集者だということは、麻衣子も知っている。関係がなかった。そんなことは。倉田だって気にしているのはそんなことじゃない。

「元彼の担当とか大丈夫それ？　仕事になんの？」

それを聞いてさらに編集部がざわつく。わざとだ。言わなくてもいいことを大きな声で言う倉田に、頭突きをかましたいほど腹が立ったが、ぎゅっとスカートの上で拳《こぶし》を握ってこらえる。

「余計な私情ははさみません」

「へぇ、そう。じゃあこれは何なんだ。担当させてくれっつってることが既に私情はさみまくりなんじゃねぇのか」

「私が一番、彼に良い文章を書かせることができます」

「たいした自信だ」

にやりと笑った編集長は、デスクに高く積み上げられた山の上から原稿用紙の束を一つ、麻衣子に寄越した。

「……これは？」

「今回の受賞作」

「っ！」

久しぶりに手にする間宮の原稿。最後に読んだのは二年前。その表紙を見て、タイトルを読んだだけで確信する。これは、別れる少し前に間宮が第一稿を書き上げていた官能小説だ。二年経ってやっとまた麻衣子の手元に、戻ってきた。

「今すぐ読め」

「……は？」

「は？　じゃねぇ、返事はハイだ」

「いや。今すぐですか……？」

「二時間後には間宮先生が打ち合わせにくる」

「は!?」

「だから返事はハイだっつってんだろ物覚えの悪い三年目だな！　書籍化の打ち合わせに来るから、流れだけ読んで確認しとけ。細かい文字校は今日はまだいい」

「……編集長」

「なんだよ」

　ほら今すぐ礼を言え、という顔で踏ん反り返っている。つくづく残念なイケメンだなーと思いながら麻衣子は、それでも流石《さすが》に感謝していた。麻衣子の計画は、倉田なしではきっと立ち行かなくなっていただろう。

　そっと顔を近づけて、他の人に聞こえないよう小さな声で囁く。

「大好きです編集長……。ほっぺちゅーしてあげましょうか？」

「……な、んで上からなんだよふざけんなよ折橋ぃっ！」

　いらねーよ！　とがなる編集長の怒声をひらりとかわして麻衣子は、今もらったばかりの原稿を抱きしめて応接室に籠《こも》る。背にした編集部からは笑い声が聞こえた。三年目のこの時点で、倉田と麻衣子の掛け合いは既に鉄板となっていたし、麻衣子の編集者としてのガッツも認められつつあった。だから、倉田がいいと言えば、編集部の先輩たちはきっと麻衣子を応援してくれる。

　使われていないときの応接室は、原稿読みで籠城《ろうじょう》していいことになっている。ふかふかのソファに勢いよく沈み込んで、久しぶりの原稿と対面する。ワクワク感。

間宮に会える。二年ぶりの再会を思ってドキドキしていたが、物語の中へ沈んでいくと心臓の音は気にならなくなった。ただ意識の端っこで、一時間五十分後には化粧室でメイクをなおさなければいけないな、と思う。久しぶりにつくる清純な乙女の顔。倉田には馬鹿にされるかもしれないが、手を抜くわけにはいかない。

そして二時間弱で読み切った物語は、二年前よりも格段によくなっていて。男が彼女を失った喪失感が、痛みが、無力感が、誰かの二年間を思わせた。フィクションの中に垣間見えるノンフィクション。けれど、決して綺麗ではない感情を綺麗ではないままに、綺麗な言葉で書いたこれはやっぱりフィクションで。——納得の受賞作。だけどもっと良くしてあげる。挑戦状を突きつけられたような高揚感が麻衣子を襲う。

文章の端々《はしばし》に間宮の筆致を感じ取りながら、打ち合わせの開始を待った。

つい先ほどまで麻衣子が籠城していた応接室に、間宮は見慣れない姿で現れた。グレーのVネックシャツに白のテーラードジャケットを羽織った彼は、少しだけ大人になったような気がする。麻衣子を見る目は、特に驚いてもいなさそうだ。

すっと名刺を取り出した。

「初めまして。先生の担当をさせていただきます、折橋麻衣子です。この度は受賞、本当におめでとうございます」

「……どうも。ありがとうございます」

名刺を渡すときに触れ合った指先が、わずかに震えて。震えたのは麻衣子の指か間宮の指か。わからないまま離れていく。

驚いていないところを見るとやはり、間宮はここに麻衣子がいると知っていてこの新人賞を狙ったのかもしれない。もし違ったら思い上がりが恥ずかしすぎるから、確かめはしないけれど。

「先生の受賞作、拝読しました。素晴らしかったです。今までに見たことのない雰囲気の文章で」

大嘘だ。二年前にも読んでいるのに、麻衣子の口はするすると嘘を紡いだ。間宮は一瞬だけ固まったが、その後は上手に合わせてくる。

「……ここまで結構、長い道のりだったので。そう言っていただけると嬉しいです」

――そう、上手。うまく初対面として振る舞う間宮に心の中で称賛を送っていたら、一瞬、間宮の目の奥が冷たく光った気がした。

こうしてこの日、折橋麻衣子は間宮和孝の編集担当となった。

「お邪魔します」

連れてこられた間宮の部屋は付き合っていた頃と何も変わっていなかった。

「コーヒーでいい？」

「いえ、お構いなく。先生さえよければすぐ始めませんか？」

「そう、わかった」

そう言って彼は、コーヒーを準備しようとして取り出したマグカップをそっと食器棚へと戻した。

間宮の担当となった日、編集長から命じられたことはたった一つ。一ヵ月で完璧な校了原稿を作ること。受賞発表から出版まであまり時間を置いてしまえば、世間からはすぐに忘れ去られてしまう。それを懸念しての命令だった。二人にはあまり時間がない。

「麻衣子」

「折橋さんです」

「……」

きっぱりと言い放ってすぐ、愛嬌のある笑顔を見せる。

「すみません先生。私、男性に下の名前を呼ばれるの慣れてなくって！」

「……折橋さん、ねぇ」

何か言いたげに間宮はそうつぶやいたけれど、彼はそれ以上疑問を口にしなかった。二年ぶりだから本当は言いたいことがたくさんあるはずで。どうして連絡を断ったのかとか、この二年の間どうしていたとか、きっと、そういうことを訊きたいはずで。麻衣子だって訊きたくないわけではなかったけれど飲み込んだ。二人は初対面の作家と編集者だ。

最初は、それこそ初対面ではないくせに初対面特有のぎこちなさがあった。けれどそれも二回、三回と打ち合わせを重ねれば消えていく。それどころではなくなっていく。

「これ、ここ。この時点で彼がこのことを聴いて驚かないのはおかしくないですか？」

「あぁ、ほんとだ。気付かなかった……それじゃあここも？」

「そうですね。あとこのページ。ここまであったことを考えると、彼女はもっと喜んでしまうんじゃないかと思うんです」

「……なるほど。折橋さん、俺より登場人物の気持ちわかるね」

「そんなことありません。先生の書く人物がすっと入っていきやすいんです。まるで」

私のことみたいだから、と言いそうになって、開いた口を慌てて閉じる。

「……折橋さん？」

うわ、と、麻衣子は心の中で一人焦る。私のこと〝みたい〟なんじゃなくて。多分この人物は自分なんだとはっきり意識してしまって、やられた、と思う。動揺した顔を見られないように顔を伏せた。

「……まるで？　何？」

一体この二年間、どういう風に過ごしていたの？　体を壊さなかったかなとか。ちょっとは寂しいと思ってくれたのかなとか。再会するまではそんなことが気になっていたけれど、原稿を読んだ瞬間に全部わかったような気がした。すごく焦《こ》がれていてくれたこと。
「……ごめんなさい。何言おうとしたか忘れちゃいました」
そう微笑んで、何にも気付かなふりをした。過去の思い出で戯《たわむ》れて潰せるような時間は、二人に残されていない。

そうして、できた本は。リアルな喪失感を描いた異色官能小説という触れ込みで、新人賞受賞作としては異例の大ヒット。

二人は一つの恋を犠牲にして、一つのヒット作を生みだした。——それが、麻衣子が画策したことの一角。大学生の頃、とある根暗男子の恋心を利用した計画の、折り返し地点だった。

まだ折り返し地点。

間宮が新人賞を獲ってデビューした。ここで終わってしまったら、麻衣子が編集者になった意味がない。ここから始まる計画の続きは、さすがに自分でも最低だと思う。

書店で平積みされている間宮の本の表紙をそっと優しく撫でる。麻衣子は誰にも知られず、決意を新たにした。

☆　抱かれたい男

高熱を出して寝込んでしまった麻衣子だったが、間宮の家で一日休ませてもらってすっかり回復していた。熱にうなされている間も次回作のことが頭から離れなかったが、間宮と話し合い、一旦思考をクリアにすることにした。二人とも少し根《こん》を詰めすぎていたのだ。今日はお互いに一日オフにして、原稿のことは一切考えない。頭を空っぽにして新しく入ってきた何かで、今の小説に足りないものを埋めようと二人で決めた。

一日オフだとは言っても麻衣子は根っからの編集者だったので、刊行作品の陳列状況を確認するため書店に行くことにした。いつもよりもだいぶラフな、ざっくりとした水色のニットと小花柄のグレーのスカートを穿いて書店を巡る。そこで、雑誌の棚の前を通り過ぎるときに、偶々その見出しが目に止まった。

『二十代女子が選ぶ！　抱かれたい男百選!!』

ふーん。へー。ほー。

くだらないと思いながらも、手に取ってその特集ページを探してしまうあたり、自分も今どきの女子だったんだなーと思う。普段のオフィスカジュアルの姿でいたら、気恥ずかしくてちょっと手に取らなかったかもしれない。でも今は普通の女子の格好をしているし、完全なオフだしいいかな、なんて。

連続ドラマに出ている新人俳優、見覚えのある韓流アイドルのほか、巷で人気のイケメンが多数。だけど麻衣子はいまいち彼らを格好いいとは思えず、どこがいいのかを真剣に考えだしてしまう。編集者になったものの、特定の範囲に対してだけ関心は深くて、代わりにミーハー心が足りていない。あー、今じゃベンチャー企業の社長までも取り上げられたりするのか。プロ野球選手にゴルファー。ピアニストに小説家。

「……ん？」

小説家？

「なんなんですかこれ！」

麻衣子は間宮の家にあがるなり彼の目前に雑誌を突きつけた。オフだと決めたのに結局家にやってきた麻衣子を見て間宮は呆れていたが、例の特集ページを見せられると、あぁそれね、と満更でもない顔をした。

「これは何なのかって訊いてるんです」

「何……って言われても。見たまんまでそれ以上に説明のしようがない。っていうか、買ってきたのか？」

「もうなんだか恥ずかしいったら……。いかがわしい雑誌を買うかのごとくそそくさと買ってきました」

「その表現やめろ」

もう一度特集を見直しても、やっぱり麻衣子はそのページを直視しがたい。二十代女子が選ぶ、抱かれたい男百選。


『二十九位　間宮和孝（小説家）』


書店でこれを見たとき、麻衣子は卒倒しそうになった。

「顔もばっちり載っちゃって！」

「こんな小さい写真じゃ顔なんてよくわからない」

「わかりますよ！　しかもこれってこの間の受賞記念パーティーのときのでしょう？」

「あぁ」

確かに小さな写真だが、この日の間宮は眼鏡をコンタクトに変えていて、平たく言えば格好いい。誰が間宮をこんな風にしたのか、麻衣子は知っている。犯人は倉田だ。〝きみ眼鏡やめてコンタクトにしたら？〟と、この記念パーティーの前日に急に倉田が言い出したのだ。間宮は〝眼鏡でいいです〟とやんわり断ろうとしていた。しかし倉田はその小さな拒否にまったく応じることなく、最もらしいことを言って間宮を説得した。

〝文章以外で売るべきじゃない、とか思ってるのか？　だったらそれは違うな。読書の入り口なんて何だっていいんだよ。好きな子が読んでたからーとか、書いてる作家がイケメンだからーとか。使えるものは何だって使えばいい。評価は後からついてくる〟

だからコンタクトにしろ、なんて、今から考えればやっぱりよくわからない。あのときは倉田の熱に気圧《けお》されて間宮はコンタクトを買うために眼科へ行った。突然の強制イベント『初めてのコンタクト』である。

あの時の倉田の思い付きのせいで、こんなことに。執筆中は眼鏡の間宮が、今日はオフだからかコンタクトをしているようで。まじまじと見つめる。

「……二十九位」

麻衣子は下がりに下がったテンションでその順位をつぶやいた。

「微妙だろ」

「その割には、ちょっと嬉しそうですけど」

「いやいや。そもそもなんでお前が知らないんだ？　この話通したの倉田さんだけど」

「編集長が？　聴いてませんけどそんなの！」

「〝これはいい宣伝だ！〟って言って、面白がって」

あの野郎、と心の中で憤る麻衣子を、間宮は面白そうに眺めてくるからまた腹が立つ。

そしてまた雑誌の写真を見た。大学時代の姿からは想像もつかない持ち上げられ方だ。この写真だけで二十代の女性たちは彼の文章を読むこともなく、間宮を〝好き〟とか〝イイよね〟とか言うんだろうか。これだけで？　それはなんと言うか、ちょっと。

「……間宮先生、こういう特集似合わない」

「そうか？」

「なんか、合ってないです」

「まぁ向いてるほうではないけど」

「インタビューにまで答えちゃって」

「あぁ」

「外食がお好きなんですねー、知らなかった。しかもパエリアが特に好きなんだとか？」

「なんかそうなってたな、勝手に」

「作家先生様は幼馴染の手料理が大好きなのにね」

「そうだな」

「でも世の中の女は信じるんです」

「うん」

「週刊誌やらで仕入れた情報で、間宮先生を知った気になるんですよ」

「今日はえらく饒舌なんだな」

「っ」

指摘されて思わず頬が熱くなる。

「な……に、ニヤニヤしてるんですか！」

「してないしてない」

「してます！　頬緩みまくってます！」

「お前がわかりやすすぎるよ」

「……二十九位の人最悪」

自分の浅はかさを恨んだ。確かにちょっと、今日の自分はおしゃべりだ。それに最近かわいく振る舞うことも忘れがちで、猫を被るのが下手になってしまった。

こんな外見やインタビューだけを見て、世の女性が間宮を知った気になるのが嫌だ、なんて。自分は彼を作家として認めているのだ。その彼の文章が読まれることなく、外見だけでもてはやされるのが嫌なのだと。嫌なことは、それだけなのだと。自分に言い聞かせるのに必死になっていた麻衣子は、伸びてきている間宮の手に気付かなかった。

「なんでなんだろうな。オフだからかな」

穏やかな声で間宮はそう言って、雑誌を持つ麻衣子の手を掴む。

「何ですか」

「いや、今日の服かわいいと思って。いつもと違う。オフだから？」

手を引いてどうするのかと思えば、間宮は麻衣子の腰を引き寄せてソファに座る自分の膝の上に座らせる。

「……ん？」

何ですかこれ、と一拍遅れておかしな態勢だと気付いた麻衣子は後ろを振り返り、間宮を睨んだ。微笑み返されるだけで効果は薄い。

「かわいいかわいい」

「な、ん……ちょっとっ……」

膝の上に座らされている状態で、後ろから伸びてきた手がニットのざっくりと開いた首元から侵入して、直に胸に触れてくる。

「やっ……」

乳首をころころと指の先で転がされて思わず声が出た。

「今日はなんか……折橋さん、って感じしない。私服だからかな」

「何も違いません……っ。先生離して。折橋さんじゃなかったら、私何なんですかっ」

「麻衣子だろ」

「いやっ……あぁっ」

与えられ続ける刺激に堪えかねて思わず手から雑誌を取り落とす。間宮が写ったページが開かれたままバサッとフローリングの上に落ちた。

「……感度いいな」

ざらついた舌がうなじを舐めて、すぐに麻衣子の上体は力が入らなくなる。胸をまさぐる大きな手は、頑張って追い出そうとしてもどうにもならない。そうこうしているうちに、もう片方の手が下肢へと伸びて、ただでさえ短いスカートをめくり内腿を撫でた。

「だめっ……間宮先生っ……」

「お前がかわいいこと言うから勃《た》った」

「知りません……！」

「ほら」

「んっ、え、あっ……やだっ……」

ぐいぐいとお尻に押し付けられる。確かにソレは硬さをもって、麻衣子の中に入りたがるように主張している。

「んんッ……」

「知ってるだろ。……俺たち、体の相性いいんだよ」

かつての関係をつまびらかにする、息を多分に含んだ声。耳元で囁いたかと思うと無理矢理顔だけ後ろを向かせて、キスをする。

「麻衣子……」

「ん……ふ……」

　胸をまさぐられながら、ちゅ、ちゅ、と、下唇を吸われて、微妙に喋れるだけの余裕を残されるから、抗議の声をあげないわけにはいかない。

「……折橋さん、だって、言ってる……」

「麻衣子、ヤりたい」

　ストレートな物言いにぞくりと腰が震えて、泣きそうな声が出る。

「だめですよ……」

「シよう？　わけわかんなくなるくらい気持ちよくしてやるから」

　切羽詰まった声が麻衣子を追い立てていく。挙句の果てに間宮は耳に唇をつけてきて、〝抱かれたい男が抱いてやる〟と囁いた。その声に体を蕩けさせながら、麻衣子は毒づく。

「……二十九位のくせに」

　どうしてコンタクトにさせたんだ、と倉田を恨んだ。こんな、いつでもまっすぐ視線がかち合ってしまうなんて、堪えられない。付き合っていたときだってたまにしか見つめなかった裸の瞳には、強制力があった。背《そむ》けようとした顔をぱっと捕まえられる。

「……ちょっと期待した顔したよな。今」

「っ！」

間宮の指摘に羞恥心を煽られる。後ろを向かされたままで首が痛い。そんなことを伝える間もなく唇を塞がれて、閉じた口をこじ開けられ舌を強く吸われる。じんじんと舌が甘く痺れだすと口の端からこぼれた唾液を伝うように彼の唇は、口の端から顎、首筋へと移動していく。何度も往復して舐めあげるから、その度麻衣子は逃れようと顔を背けるが、それがいっそう間宮を煽るようでなかなか解放されない。

わけわかんなくなるくらい気持ちいい、って、どんな？

「……乳首、すごい勃ってる」

「んんっ……」

背後からの猛攻に、麻衣子の衣服はすっかり乱れていた。ニットは着たままでいるものの中でブラがずり上げられ、スカートは捲りあがり何も隠せていない。熱を出してベッドを借りたときも言葉で攻められるだけだったから、少し、油断していた。

「やだ……」

「そう言う割に、ほとんど無抵抗だけど？　……なんで最近そんなにかわいいの？」

「んッ」

誘惑に流されそうになっていると自分でもわかる。このまま流されてしまえば、たぶん、間宮の言う通りとてつもない快感が待っている。同時に、築き上げてきた三年物のストイックな関係は塵《ちり》になるんだろう。たった一回、欲に負けてしまうだけで。その脆《もろ》さに愕然とする一方で、どうして今まで堪えてこられたんだろうと不思議になった。

「あ……あぁっ……」

「っ……ん、は……すげーかわいい」

「あっ、あぁん！　まっ……そこばっかりっ……あっ」

「麻衣子……いっぱいシよ」

胸への執拗な愛撫を受けながら、途切れ途切れな意識で考える。なぜ三年も傍にいてこうならなかったのか。それは麻衣子がそうならないようにうまく取り計らってきたからに違いない。でもどうして自分は、かつて抱かれた、この体が傍にあってそんなことができたんだろう？

ブレていく思考に気付いていながら、下肢を這う指にそっと意識を預ける。内腿をくすぐっていた指が、ショーツの中へ。自分が止めなければ今日五年ぶりに間宮に抱かれるのだと、後ろめたさと高揚感に包まれ、ぎゅっと目を閉じた。その時に。

「……」

インターフォンが鳴った。

「……」

「……」

二人は動きを止めて顔を見合わせる。間宮の目の色は完全に欲情に染まっていた。

ピンポーン、と、二度目のインターフォンの音。

「……」

「……あッ」

服の中で静止していた手が動きを再開する。

「ん、あぁ……ちょっと、やめ……お客さんがっ……」

「やめない。たぶん司馬だからいい」

「んっ……あンッ」

指先の動きが性急になって、侵入しようとしていた手はそれをやめてショーツをはぎ取ろうとする。ここで止まれないだろ、とこぼれた声は独り言のように聞こえたから、本音なんだろう。だけど。

「……司馬さんだからいいってことはないでしょう！」

ぐい、と間宮の体を押し離した。離れてみると、当然だが乱れているのは麻衣子だけで、間宮はきちっと服を着ている。客観的に見てしまって少し恥ずかしい。

「……まじで？　まじでやめるの？」

「いつもご飯作ってもらっておいて」

「……」

「夕飯時以外は締め出しですか？　そんな薄情な人だと思いませんでした」

さっきまでの淫らな空気はどこへやら。数秒、間近で睨み合って、三度目のインターフォン。間宮は肩を落とした。

「…………服ちゃんとなおしとけよ」

「当然です」

そのやりとりで間宮は重そうに腰を上げ、玄関へと向かう。麻衣子は慌ててブラの位置をなおし、立ち上がってパンパンとスカートをはたいて皺を伸ばした。

現れた司馬はスーツ姿で、手にはケーキらしき小箱を提げている。

「あれ？　折橋さん今日私服だ！　珍しい、かわいいね」

「ありがとうございます」

「良かったー、ケーキちょうど三つあるわ」

「どうしたんですか、ケーキなんて！　それに司馬さん、今日お仕事は……？」

「得意先にもらったんだよ。今日は外回りだったから、ついでに昼休憩」

「サボりですね！」

「昼休憩だってば。折橋さんお皿出してもらっていい？」

「はーい。飲み物はコーヒーでいいですか？」

「うん、ありがとー。……和孝はなんでそんな怒った顔してんの？」

「死ね」

「えぇ！」

衝撃の第一声におののく司馬を尻目に、麻衣子はさっきまでの自分を思い出して、危なかった……とこっそり反省する。昂ぶった体の熱を逃がすように、ゆっくりと息を吐き出しながら。

なぜ三年間こうならなかったのか、じゃない。理由はわかりきっている。麻衣子の計画の中で、お互いに触れられない時間というのがどうしても必要だったからだ。

★ 禁欲作家の回想３　晩酌とアダルトビデオ

麻衣子と別れてから二年。新人賞を獲ると、それが必要条件であったかのように麻衣子はすぐに間宮の目の前に現れた。そして何食わぬ顔で「初めまして」と言った。

何が初めましてだ、と苦々しい気持ちになって、連絡がつかなくなったことについてもまったく触れようとしない彼女を恨めしく思った。まるで本当に初めて出会ったかのような振る舞いの真意はつかめないまま。何も訊けずに打ち合わせを重ねていると、新しい関係に慣れていった。

麻衣子、と呼べば、折橋さんですとたしなめられる。決して過去には戻らせてくれない厳しさの中で改稿作業を進めた。そうしてできた本は予想外にも、新人としては異例のヒットを収め、有難いことにその後も間宮には仕事の話が舞い込んだ。駆け出しのうちは手あたり次第。声をかけてもらった仕事はなるべく断らないようにして、それでも仕事が溢れてしまう場合は麻衣子の出版社の仕事を優先して受けた。これは完璧な私情。なるべく、麻衣子が仕事で間宮の家に来ざるを得ない状況を作るために。

その日も行き詰まっている間宮の尻を叩くため、麻衣子は朝から間宮の仕事部屋に詰めていた。

「終わった。もう無理、しぬー……」

ノートパソコンのＥｎｔｅｒキーを押して、間宮はぱたりと畳に倒れこむ。前髪を留めていたピンをはずすとぱらぱらと髪がこぼれて、少し汗をかいた額にはりついた。麻衣子は隣に座ってノートパソコンを奪い取り、視線を機械のように動かして確認していく。今日の朝には一文字も書かれていなかった書き下ろし短編が、約二万字で完結を迎えている。

「……まぁよしとしましょう」

ちら、と麻衣子の一瞥をくらい、間宮は、うーんと唸って目を閉じた。長時間ディスプレイと睨み合っていると目の疲労が尋常じゃない。

季節は夏で、日が暮れると開け放した窓から涼しい風が流れ込んできた。

「間宮先生」

麻衣子の呼ぶ声にぴくりと体が反応する。

「……よしとするって言っただろ。修正は明日以降で……」

「間宮先生。晩酌したいですか？」

間宮はぴく、と再び反応してからちらりと目を開け、蚊の鳴くような声で「したい」と返事した。

麻衣子はいつの間に準備していたのか、キンキンに冷やしておいたグラスを手渡してくる。その中に並々と瓶からビールを注がれると、間宮は目を輝かせずにはいられない。

「麻衣子」

「折橋さんでしょう?」

「折橋さん」

「はい」

「俺、折橋さんのこういうところすげー好き」

「そうでしょうそうでしょう。これが折橋さん式作家先生懐柔術《かいじゅうじゅつ》ですよー」

そう言って麻衣子は、ビールの入ったグラスを傾けた。

「原稿お疲れ様でした!」

かんぱーいと言ってグラスを鳴らす。間宮はごくごくと一気に飲み干し、麻衣子はその喉仏が上下するのを見届けてからグラスに口をつけた。

「……ビール髭《ひげ》」

「ん?」

「ビール髭できてます。先生……ふふっ」

「……」

担当になった直後は厳しかった麻衣子。慣れてきても仕事には厳しかったが、昔のように笑うことも増えた。スパルタと晩酌。厳しさと笑顔。飴とムチの使い方が上手だな、と思いながらビール髭をぬぐう。そして麻衣子の目と鼻の先に自分の顔を近づけた。

「ん」

「……ん？」

間宮は口を閉じて待つ。

「ん」

「んん？　何ですか？　ビール髭はちゃんととれてますよ？」

わかっているくせにまたあざといことを言う。キスを求められていると、この状況で理解できない鈍感なら、学生時代あそこまで二人の関係は進展しなかった。

「ご褒美は？　無理なスケジュールこなしたんだから何かないの？」

「……晩酌以外にですか？」

「麻衣子も飲んでるし」

「折橋さんです」

「折橋さんも飲んでるし」

「……そもそもあなたがこの原稿後回しにしてたんですよね？」

あ、だめだこの声のトーンは、本当にイラッときてる。危険を察知してふいっと顔を離した。その動作で間宮が諦めたことを悟った麻衣子は、当然ですと呆れて息をつく。

「ちょっと横になってもいいか？」

「どうぞ。私ももう少ししたらお暇《いとま》します」

ブランケット取ってきますね、と立ち上がった麻衣子を見て、こうしていると本当に嫁みたいなんだけどなぁと思うのに、言えない。過去には一切触れさせてもらえないが、新しく築いた関係で多少の冗談は許されるようになった。軽いセクハラも、許されてはいないが怒ってくれる程度には相手にされるようになった。この変化は喜ぶべきか？

涼しい風が入ってくる畳の部屋で寝転がり、夏の空に浮かぶ月を見ていた。ブランケットをふわっと被せられる。麻衣子はそっと傍に座った。

「……なぁ」

「何でしょう」

意識的に、甘い声を出してみる。

「からだ触ってもいい？」

「だめでーす」

即答で拒否されるが返事はしてくれる。折橋さんと間宮先生の関係は、それくらいにまでは進展したらしい。

「もうこれ以上は、書けないなー。女の体ってどんなだったかすっかり思い出せない

「……」

「嘘ばっかり。本棚の奥にグラビア隠してるの知ってるんですからね」

「……」

なんで知ってんの？　と訊きたい気持ちをぐっとこらえる。この頃の麻衣子はまだ、先生の部屋で勝手はできません、と言って大人しくしていた。最近のように許可を取らずコーヒーを淹れるようなこともない。だから本棚の奥のことなんて知るはずがないのに。

そう言えば、付き合ってた頃に一度、そういう本が見つかって怒られたことがあったな、と思い出して笑ってしまいそうになる。

「……なに笑ってるんです？」

麻衣子も言ってから自分で気付いたのか、少しバツが悪そうだ。そこに昔の彼女を垣間見て嬉しくなる。人間だから、完璧に記憶を消して振る舞うことには限界がある。

今日は少しくらい怒られてもいいやと、いつもよりしつこく食い下がってみた。

「いや……うん、でも写真はどこまでいっても写真だからさ。実際どう動くのかとか、文章にする上ではそういうリアルさが必要じゃないか？」

「……えっちな動画とか見ればいいのでは？」

「折橋さん一緒に見てくれるの？」

「まさか！　見ませんよ」

「一緒に勉強してくれる気概《きがい》はないのか」

「……」

あの手この手で言葉を尽くして、最後の手段は彼女の編集者としての姿勢を問うこと。一瞬固まった姿に勝機を見た。

「女性の読者も多いから、意見聴きたいんだけど」

「……」

悩んでる悩んでる。黙り込んで髪をいじり、思案して。これ以上下手に畳みかけることはせずに彼女の回答を待つ。しばらくすると麻衣子は顔を上げた。

「……仕方ありません。わかりました。協力しましょう」

「……」

ちょろい。

突然ちょろくなった彼女に不安になる。こんな手段でまさか、他の男の作家からも同じような要求されてるんじゃないだろうな？

いつも作業しているパソコンで、「どうぞお好きな動画を立ち上げてください」と隣で麻衣子に待たれる。あれ、これってひょっとしてめちゃくちゃ恥ずかしいやつじゃないか？　と、待機中になっていたパソコンを起動させながら気付いた。好きなやつって。普段見ている手の内が明かされてしまう。率直に言うと今の性癖がバレる。

「どうかしましたか？」

手が止まってますけど、と言う麻衣子は少し意地の悪い顔をしていた。

「……折橋さんの好みのやつが見たいな。女性目線での理想を研究したい」

「そう言われましても……。こういうの見ないので、理想と言われてもよくわかりません」

「はぁ……」

「見なくても理想はあるんじゃないの？　こういう風にされたい、とか」

「……まぁ無難そうなのにしようか」

「そうですね」

自分から仕掛けたもののなんとなく間抜けな展開に、力が抜ける。そして一緒にアダルトな動画を見ることになった。

「先に言っておきますけど、間宮先生」

「なに？」

「ムラムラしても私に触らないでくださいね」

「それは約束できな……」

「指一本でも触れたら担当はずれます」

「……」

きょるん、とかわいい顔をして、当たり前でしょう？　と言わんばかりに目で訴えてくる。まじか……と間宮が愕然としているうちに再生が始まった。本当に無難で、ノーマルな、愛撫から始まる恋人同士のプレイ。刺激的な要素はない。

「……」

「……」

それでも、女優が喘いでいる声がスピーカーから流れだして、その映像を静かな顔で眺めている麻衣子の横顔を見ていると、なかなかクるものがある。凛とした、という言葉がぴったりな横顔。引き寄せられるようにキスをしてしまいたくなる唇。上を向いた長い睫《まつ》毛《げ》。

「……間宮先生」

「ん」

「私じゃなくて動画を見てください」

「……」

あくまで事務的なその声にたしなめられ、動画に目を移す。依然として動物的に交わる男女のカップル。普通だ。普通すぎる。自分から提案したものの、麻衣子の隣でこれをどんな気持ちで見ればいいのかわからなくなっていた。思ったほど楽しくない……。コーヒーでも淹れるかと、立ち上がろうとした時だ。急に展開が変わった。

「……え？」

なんだ？　普通のカップルものじゃなかったのか？　男のほうが手を変え品を変え、女を虐《いじ》めはじめた。嫌がる女を押し付けて。なんだこれは？　恋人同士のイチャラブプレイではなかったのか？　男は下卑た笑い顔で、泣き喚《わめ》く女を半ばレイプしている。その行為があまりにえげつなくて、段々気まずくなってきた間宮はおそるおそる口を開く。

「……どうなんだこれって。されて気持ちいいの？」

「……いいえ、これは男の人の勝手な妄想ですね……。実際にこんなことされたら最中だろうとキレます」

キレるんだ……。

試さなくてよかった、と間宮は昔のことを思いだし安堵する。

「……」

見ている動画よりも、一瞬だけ思いだしてしまった行為中の麻衣子の顔に、間宮は一気に昂ぶった。

「……麻衣子」

「折橋さん」

「……折橋さん」

「何ですか？」

「……手繋ぐだけもだめ？」

「いいですけど、明日編集長に担当はずれますって言いますね」

「ごめん、嘘」

触れたい、と思う。たったそれだけの欲求も押さえこんでおかしくなりそう。


平たく言えばそんな三年間だった。


新しく始めた関係でまた距離を縮めていって。だけど決して触れ合うことはない。

そういう風に麻衣子が糸をひいているなと、なんとなくは感じ取りながら、真意までは汲めずに。官能と隣り合わせで転がされ続けた三年間。離れていた二年も合わせれば五年。

思いだしても気が狂いそうだな、と思うが今もまだその途中だ。

☆ 深夜残業に襲撃コール

一度体が覚えた熱は、数日経ったところでまだこの身に留まり続ける。

冬の終わり。麻衣子は珍しく一日中編集部を出ることなく作業をしていた。他の作家の校正があがってきていたのでその内容をチェックしたり、来月出る新刊のあらすじと帯の文言を考えたり。

最後に、間瀬みどりから届いていた新作の初稿を印刷する。今日メールで送られてきたばかりのそれを、麻衣子は今日一日の楽しみにするため最後まで残しておいた。誰よりも早く彼女の新作を読むことができる。不純な動機で就職を決めた麻衣子だが、この瞬間は、編集者になってよかったと素直に心の底から思える。プリンターから出てきた原稿用紙を手に取った瞬間に、あたりに広がるインクの匂い。今度の新作は、一体どんなものなのか。まったく見当がつかない。既に時刻は夜の十時。金曜日の夜、最後の二人だった片割れの先輩が〝気を付けて帰れよ〟と言って帰宅していって、麻衣子は最後の一人になる。

間瀬みどりの新作は、彼女にしては珍しい官能小説だった。

これまでの間瀬みどりの作品は一口で語れないほど多彩だ。児童文学。身の毛もよだつ本格ホラー。先が読めずに徹夜で読んだミステリー。自分が当事者になったようで満たされた気持ちになる青春小説。ただその作品すべてに共通して言えることは、主題が〝恋愛〟にあること。どんなジャンルを書いたところで、彼女は一貫して恋愛小説家だ。

ベテラン恋愛小説家が書く本気の官能小説。麻衣子は原稿を一ページ読み進めるたびに、心臓が冷や汗をかいている気がした。体の中の、どこだかわからない内臓が震える。感じているのは焦り。間宮の分野に、間瀬みどりが踏み込んだ。

正直に言って、依然として間宮の次回作の進捗は駄目だ。結末が決まらない上に決定的に何かが欠けている。それを麻衣子も、間宮自身も感じている。六年も編集の仕事をしているのに、なぜかその欠けているものを言葉にできないことに、麻衣子は苛立っていた。一緒に頭を抱えることは必要だが、いつまでも一緒に頭を抱えてそこに立ち止まっていては、自分が編集者でいる意味がない。みどりの小説の完成度は、麻衣子のそんな焦りを加速させた。

面白い。圧倒的にリアルで、繊細で、そして何よりいやらしい。女の持つ欲望には身に覚えがあって目を背けたくなるのに、そこらじゅうに散りばめられた毒のあるかわいさで装飾されて、そんな本能も悪くはないと思ってしまう。間宮には多分書けない。作風もキャリアも違うのだから比べるべきではないとわかっていながら、でもこのタイミングでは、どうしたって比べて見てしまう。

読みふけって、ノンストップで最後のページに辿りついた。最終一小節を二度読んで、余韻。気付けば暖房は切れていて、一人きりの編集室に流れる空気はつんと冷えている。けれど寒くない。体の芯から熱くなる感覚に、麻衣子は苛《さいな》まれていた。読み手に実体験にほぼ近い形で物語を明け渡してくるみどりの独特の筆致。その筆致に麻衣子は中学生の頃から、恋のすべてを教えられてきた。もうすべていらないと泣きたくなるような純愛に、何を捨てておいても一緒になりたいと切に願う遊女の恋に。何だって教えられてきた。でも今読んだこの小説の読後感は少し違う。

麻衣子はこの感覚を既に知っている。

すっかり冷え切った部屋で体の奥底だけが熱い。みどりの官能小説で強制的に思い起こさせられた、あの日のこと。雑誌を手にして間宮の家に乗り込んだオフの日、間宮の膝の上で乱されたこの体は熱を覚えている。小説の中の女は、男に気まぐれに体を愛撫されては達する前に放されて、自分からねだることは到底できず、満たされなさに堕ちていく。

あの日司馬が突然やってきて、〝助かった〟という気持ちの陰に隠れていた麻衣子の本能は、何と言っていたか。

体の相性がいい、と間宮は言った。かつて何度も抱かれたことを思いだした。間宮もそう思っていたとは知らなかった。確かに彼との行為は、極上だったのだと思う。……なんて、彼しか男を知らないくせに断言するのもおかしな話なのだけど。

自分からねだることは到底できない。それでも少し会いたくなった。時計を確認すれば深夜０時過ぎ。編集者はこんな時間に押しかけられるような立場じゃない。本当に修羅場の時はむこうから呼び出しがかかることはあれど、こんな時間にあの家のインターフォンを鳴らせる理由が今の麻衣子にはなかった。五年前なら、会いたい気持ちだけで鳴らせたし、電話もできたのに。

感傷的になって馬鹿みたい、と心の中で毒づいて、麻衣子は席から立ち上がる。修正が必要そうな箇所はほとんどないが、明日原稿を持って一度みどりのところへ行こう。そう決めて、デスクの片づけを始めたとき。

鞄の中でこもった着信音が鳴り響く。

「……」

そろりと鞄の中に手を伸ばして、確かめたスマホのディスプレイには間宮の名前。会いたいと思っていたことが声に乗らないように、一度着席して、深呼吸して。いざ、電話に出ようと思ったら。

「えっ」

切れた。

通話ボタンを押すのとほぼ同時に、着信が切れた。

「えぇっ……」

ちょっと気が短すぎやしませんか。まだ5コールも鳴り終わってなかったのに！　出る気満々だったので居たたまれなくなって、一瞬の躊躇《ちゅうちょ》の後リダイレクト。

1コール。2コール。3コール目で、ぶっきらぼうな声が聴こえた。

『折り返し遅くないか』

「遅くないでしょう一瞬ですよ！　っていうか待ってたんならそっちこそすぐ出てください！」

出てくれないかと思った。3コール目でちょうど不安になりかけていたので、その分もまとめて電話の声に乗せて発散した。気が済んで、ため息をこぼし間宮に尋ねる。

「……それで用件はなんなんです？　こんな時間に」

肩口にスマホをはさんで、デスクの上の原稿を片付けながら話す。

『原稿書いてたんだ。書籍のほうじゃなくて連載のやつ』

「あぁ、そうなんですね。何か相談ですか？」

それにしたってこんな時間に？　と思い、麻衣子はもう一度時計をちらっと確認する。彼がこんな時間にかけてきたことは、この三年でも数えるほどしかない。書籍のこともあるしスランプなんだろうかと勘ぐって、麻衣子は息をひそめて彼の次の言葉を待つ。

『ちょうど今、一番の濡れ場を書き終わって』

「……はぁ。そうですか。お疲れ様です」

スランプではないらしい。一件片付いてちょっとハイになっているのかもしれない。彼のよく耳に馴染む声は、どことなく楽しそうだ。

「一仕事終えてお疲れでしょう。今日はどうぞゆっくり」

『いま最高にやらしい気分なんだけど』

ぴくっ、と手の動きを止めてしまった。悟られないように、口では何てことない素振りで返事をする。

「……おぉー。絶対に近寄っちゃいけないやつですね」

『今日はもう絶対に来てくれないだろうなぁと思って。だから電話した』

「来ないってわかってるのに？」

『今なら電話の声だけでもヌけそうだなぁって』

「っ！」

言われた瞬間、思わず腰が浮いた。完璧に油断していたところに放り込まれた直接的な言葉に、体が直にダメージを受ける。彼は自分の仕事部屋でいつものトーンで言っているのだろう。でも麻衣子は、まだ編集部だ。

「切ります！」

『だめ』

絶対に切るなよ、と言われて、なぜだか逆らえない。何と言われようとボタンを押せば切れるのに、それだけのことができずにいる。こんなのは変態じみているしおかしいと思いながら、耳が勝手に電話のむこうの物音を拾おうとする。ジジ、とズボンのチャックが下ろされる音がして、息を飲んだ。

「っ……」

『……なんか喋ってろよ。声聴いてないと萎える』

「なんか、って……やだ、先生。お願いですから変なことしないで」

『麻衣子もすれば。今どこ？　家？』

「……会社」

『おっそ。もう終電ないだろ。一人？』

「メールの返信が溜まってたんです。終わったらタクシーで帰ります」

『一人なのかって』

「……一人ですけど」

『……』

「……」

別に正直に言う必要なんてなかった。まだ人がいますと言えば、それでこの電話は終わったはずだ。間宮は予想通りの言葉を続けた。

『触って、麻衣子。自分で』

「触りません」

『服の襟《えり》元から左手を入れて』

「……」

『指の腹で右の乳首擦って。……いっつもそこ触るだけで声我慢できなくなってたよな』

「っ……！」

勝手に始まった指示なんて無視しようとしていた。なのに〝いっつも〟なんて言われ方をして、カッと顔が熱くなって。いっつもなんて一体何年前の話をしているんだろう。

……でもその行為は、ついこの間。

『ちゃんと触ってる？』

「……」

返事はしない。

『なぁ』

「……」

『……麻衣子は想像しなかったのか、あの後』

「……何のことを言っているのか、よくわからないんですが」

その答えが精一杯だ。あざとく、かわいく返すとしたらどんな受け答えが正解なんだろう。誰を相手にしてもずっとそうしてやってきたはずなのに、今は何一つ浮かばない。

『あの時、司馬が来なかったらって。インターフォンが鳴らなかったら、どうしてたんだろうって、想像しなかったか？』

「……するわけないでしょ」

嘘だ。

想像した、なんてもんじゃない。

『ほんとに？　大好きな乳首触られて、よがって、アソコも濡らして。あの後どうなったかって、少しも考えなかった？』

「もうやめてください……」

こちらの羞恥を煽るべく、間宮はわざと卑猥《ひわい》な言葉を選んでいる。だから乗せられてはいけないと自分に言い聞かせるが、それでも頭は、勝手に考えてしまっていた。

お尻に擦りつけられた硬くなった彼のモノと、乳首を弾きもてあそぶ指先。欲情に息を荒くした低い声。背中から包み込む温度。体が溶かされていく感覚を。

「んっ……」

『……なに今の詰まった声。やめてとか言いながら結局するんだ？』

　意地の悪い声が麻衣子をあざ笑う。屈辱的すぎて死んでしまいたい気持ちに駆られるが、麻衣子は、言われた通りに自分の左手をシャツの中に突っ込み、胸を弄っていた。

『指で強くつねって。そうされると麻衣子の体は悦《よろこ》ぶよ』

「っ、変態っ……悦ばない、そんな」

『嘘だ。ほらやってみて。自分でできる限り強く』

「……ぁ……っ」

『……ほら。イイだろ？　次は……暇になってる右手。どうしようか』

　自分で触れているだけなのに、まるで触られているような感覚だった。自分の手で与えた痛みに、先端が痺《しび》れるのを感じていると、スマホのスピーカーから聴こえる間宮の吐息が、少し荒くなった気がした。

『……下、触る？』

「っ……」

　どうしてここにきて、触れ、じゃないんだろう。こんなところで委ねられても、困る。

「……」

『……』

少しも強制してこない。押し黙って、けれど合間に間宮は自身を慰《なぐさ》めているのか、せつない息が漏れ聴こえてくる。

『はッ……』

その声に触発されたように。右手はためらいながらもショーツの中へ。あの日インターフォンで中断されたその先を、間宮に筒抜けの今、この手がいく。

「……っん」

積極的にいじらなくとも触れるだけで体が震えた。指先がぬるつく。自分は何をしているんだろう。いつも働いている場所で。

『人差し指と薬指でクリ剝《む》いて。剝きだしたところ、中指で擦って……声我慢せずに』

「やっ……ぁあっ……」

『……従順すぎ。声、もっと……』

「んんっ……あぁん」

『いいよ麻衣子……すごくいい。あの編集部で麻衣子が自分でシてるとこ想像したら、なんか……すぐイっちゃいそう』

「っ、ばかっ……あっ」

『言いながら指止まらないんだろ。えっちだな……。擦るだけじゃなくて、指も挿れていいよ』

「んっ、んっ……」

『ちゃんと想像しながら。俺のがゆっくり麻衣子の中押し拡げていくところ……』

「んん……麻衣子、じゃな……折橋さんだって、ん、あっぁ」

『……今それ言う？　逆にエロいんだけど』

「エロくなんか……」

『もういいから集中して。指、奥まで押し込んで……先っぽで、奥のほうグリグリされるみたいに』

「っ、あぁっ」

『麻衣子の指じゃ届かないか？　……でも感じまくりなんだな。やーらし』

「じ……自分、だって……あっ……息、荒いくせにっ……」

『そんな声聴いてたら興奮するに決まってるだろ。自分でそんな扱《しご》かなくても……。はちきれそ……っ……』

　ぷちゅっ、と先端の先走りを思わせる音が電話越しに聴こえてきて、麻衣子も昂ぶっていく。間宮の硬く反り返ったモノは今きっと、先端の穴から液をこぼし震えている。

　欲しい。率直にそう思った。直観的に。本能的に。先走るその熱を、自分の奥のほうに押し付けてほしい。溢れた欲を自分に打ち付けて、果ててほしい。そんな欲求で感度が高まり、麻衣子は悲鳴にも似た声をあげそうになるのを、必死で噛み殺す。

「っ……ふーっ……ふーっ……」

上がるばかりの熱をなんとか外に逃がそうと息を吐くが、それとは別に指はまだ自分の体を刺激したがる。間宮の声に合わせて。間宮の興奮に合わせて。

『……麻衣子？　……今までになく興奮してないか……？』

「ふ……っう……っん」

『声、抑えてるよな……なんで、顔見えないときに……っあ、やばい、ごめん。ちょっと……もう、イきそっ……』

間宮の昂ぶりに合わせて、麻衣子の自身を弄る指も止まらなかった。自分が与えている刺激と聴覚から入ってくる間宮の喘ぎ声が、まるで間宮としているかのようで。

『イクっ、あっ、イ、くっ……うぁッ』

「っー……！」

目の前がスパークする。ぶるっと全身が震え、指を入れていた自分の中がきゅぅっと締まる。直後に襲われる果てしない疲労感。ぐったりと、デスクに前のめりに倒れた。その拍子に机上へコトッと落ちたスマホのスピーカーからは、間宮の荒々しい呼吸の音がした。

少しして問いかけられる。

『っ、はぁっ…………麻衣子。イった……？』

「っ……ん……はーっ……」

『イったんだな……良かった、俺だけじゃなくて』

「……も……あなたは家だから、いいけど、私っ……」

『会社なんだよな、まだ。……あーくそ、キスしたい……』

そんなことを独り言のようにぼやくから、心の中だけで〝私も〟と返す。そんなこと絶対に言えない。でも今すごく会いたいし、キスがしたい。思い切り抱きしめてほしかった。

膨らむ感情に、戸惑っているのは麻衣子自身だ。

★　編集さんの回想5　授賞式でこぼした涙

その知らせを倉田から受け取ったとき、麻衣子は膝から崩れ落ちた。あまりに驚いて、足に力が入らなくなってしまったのだ。嬉しさで――声も、出ない。

「……本当に？」

「あぁ」

「何かの間違いでもなく？」

「俺も最初は、間瀬みどり先生と間違ってないかと思ったけどな。間宮先生だよ。ほれ」

手渡された紙には、先ほどメールで送られてきたらしい速報がプリントされていた。そこにははっきりと、『間宮和孝』の名前が印字されている。その紙の題は、『日本恋愛小説大賞　受賞作品決定』。

座りこんだまま何度もその書面を読み返している麻衣子の上に、倉田の笑った声が降ってくる。

「よかったな折橋。こんな賞、願いが叶ったどころじゃねぇぞ」

「……編集長、私」

「うん」

「今すぐ先生に伝えに行きたいのに、足……力、入らなくて」

立てない、と伝えると、ぶはっと笑って倉田は、麻衣子の腕を引っ張り上げた。

情けねぇなぁと愉快そうに倉田は笑っていたが、立ち上がってまた速報に視線を落とす麻衣子に、ゆっくり語り始めた。

「これからだぞ」

「え？」

「この賞を獲ったら、もう誰も間宮先生を無視できない。執筆の依頼も今までの比じゃなくなるだろうな。でも人間書ける量は決まってるから、受ける仕事はきっちり見極めていかなきゃならない」

「……」

「何呆けてんだ折橋。こっからだぞ楽しいのは。もう間宮先生は、つまんねぇものを世に出すことは許されないんだ。常に自分の最高傑作を書き続けないといけない。それは気が狂いそうなくらいに難しいことだよ。そういうプレッシャーに潰されてきた作家を俺は何人も見てきた」

「……」

何も言うことができずにいる。倉田の言葉は普段の口調と変わりないのに、何重にも分厚くなって麻衣子の胸に響いた。思い知らされるようだ。

「面白いものを書かせ続けることができるかどうかだ。作家と一緒に、編集者も一番試される時だ。気が狂うかと思うくらい苦しくて意味わかんなくて楽しくなるよ。いいか折橋、絶対一発屋で終わらせせんなよ」

力強く激励されて、麻衣子は思った。


あぁ、まだ私たちは戦い続けなきゃいけないのか、と。


今、この手の中には夢にまで見た知らせがあるというのに、どこか気が沈んでいる自分に戸惑う。今は何を差し置いてもこの手の中の事実を喜ぶべきだ。そうじゃなくてどうする。受賞した間宮自身の次に、もしかしたら間宮以上に、麻衣子が嬉しいはずの結果だ。少しでも早く伝えなければならない。事前にノミネートの連絡も何もないこの賞は、受賞者自身もメディアで自分の受賞を知って驚くというのが慣例だ。もしかしたらもう、間宮はテレビかネットで結果を見て、驚いて呆けているかも。

繋がらないかもしれないと思いつつ携帯に電話をかける。今頃受賞を祝う電話が鳴り響いていてもおかしくない。そんな想像をしていたが、案外すぐに電話は繋がった。

『もしもし』

「間宮先生？　お疲れ様です。折橋です」

『あぁお疲れ』

普段通りの声のトーンだった。もしや、まだ知らない！

ビックニュースを伝えるときの高揚感が麻衣子を襲うが、驚かせるために極めて落ち着いた声を心がける。

「間宮先生、もう知ってますか？」

何を？　と問い返されたら、おめでとうございまーす！　と大声で叫んでやろう。電話口で耳が痛くなるほどに。

そんな画策《かくさく》をしていたが、彼の返事は麻衣子が思っていたのとは違っていた。

『あぁ、ちょうどいまテレビで見てる』

「……え。何を？」

『何って、あれだろ。日本恋愛小説大賞』

「結果ですよね？」

『うん』

「ご自分の名前わかりますよね？」

『は？』

「は？　じゃないですよ。こっちのセリフです。……なんでいつものテンションなんですか！　発狂するほど喜ぶところでしょう⁉」

麻衣子がそうまくしたてると間宮は、電話のむこうでおかしそうに笑った。

『喜んでるよ』

「うそ！」

『ほんとだって』

「そんな冷静でいられるはずないでしょう、だって恋愛小説の最高峰ですよ⁉」

『うん……でも、これで終わりじゃないから』

「……」

間宮も、倉田と同じことを言う。倉田は何度も麻衣子に「これからだぞ」と始まる苦労を匂わせたし、間宮も「これで終わりじゃない」とここから先への覚悟を匂わせた。ただ喜ぶだけじゃ、駄目なんだろうか？　だってこんなに頑張ってきたのに。あれもこれも画策して、裏切ったり我慢したりしながらずっと、頑張ってきたのに。これはまだ終わらないの？

麻衣子はてっきり、自分が一番貪欲だと思っていた。間宮の作品が認められること、評価されること。その点で言えばこの賞を獲ることは、これ以上ない成果だ。でも違っていた。倉田も間宮自身も、二人はもっと先を見ている。麻衣子の欲はもう燃え尽きてしまった。

程なくして間宮の受賞パーティーが催された。

壇上でフラッシュライトを浴びている間宮は、今まで見てきた中で、一番、格好良く見えた。あんなにダサかったくせに。あんなに分厚い眼鏡かけてたくせに。そうやって心の中ですら憎まれ口を叩いていないと、すべて嘘になってしまう気がした。喜んでばかりいたら、こんなのは全部夢で、次の瞬間ベッドの上で目を覚ますんじゃないかって怖くなってしまうから。未だに麻衣子は、間宮の受賞を実感できずにいる。

やっと本当なんだと思えたのは、彼が壇上から降りてきて来賓たちと挨拶を始めたときだ。間宮は、こんなに自分が主役として扱われる会は初めてなはずなのに、とても堂々としていた。業界の有名な編集長、テレビ取材に来ているアナウンサー、過去に受賞した重鎮。麻衣子には話す機会のないような人たちが、今日は間宮のために、間宮のもとへやってくる。——あぁ全部本当なんだ。夢じゃないんだ。

ずっとずっと、長い間待ち望んでいた瞬間。それは、麻衣子の人生で、後にも先にも一番の幸福を感じる瞬間となる——はずだった。

「……」

おかしいな、と、麻衣子は首を傾げる。倉田から知らせを受けたときは、本当にもう、死んでしまうんじゃないかと思うくらい嬉しかったのだ。それなのに今。確かに嬉しいのに、笑いたいのに、喜びだけとは言いがたい涙が出てきそうで。

こらえきれない、と思うと同時に自ら会場の隅へと移動した。こんなところ誰にも見られたくなかった。倉田にも。間宮には絶対に。柱の裏に隠れてコップの水を一口飲む。麻衣子の背中は震えていた。

この瞬間のための七年間だった。この瞬間のための、恋だった。あの日部室で一人画策したことのすべてが、何も欠けることなく叶っているのに。——涙が出るのはどうしてなんだろう？

誰も彼も、今日栄えある賞を手にした若き作家をその目に映している。それでよかった。それ以上のことを、麻衣子は何も望んでいない。もうこれで人生が終わったっていい。そう思えるほど今、満たされているのは確かだけど、頭に浮かぶのは〝これから〟のことだ。これから、私たちは、どんな距離感で。

「……」

一瞬だけ都合のいい未来を夢見てしまった。けれど受賞の報告をしたとき、彼はまだこれからだと言った。私は叶った気になっていて、彼はまだ、叶えることがあると言っていた。

震える肩に、ぱさりと何かがかけられる。よく知っている匂いのジャケットだと気が付いて、麻衣子はゆっくりと振り返った。彼は、昔から変わらないぶっきらぼうな顔をしてそこに立っていた。ぽつりとしゃべりだす。

「……喜ぶかと思った」

「喜んでる。喜んでます。……喜ばないわけないじゃないですか！ 自分の担当する作家がこんな大きな賞獲ったんですよ⁉ 感無量、です」

「じゃあ笑えよ」

なんで泣くんだよ、と言って間宮は麻衣子の頭を撫でた。麻衣子は、子どもがするみたいに下唇を噛んで涙を止めようとした。

「その口やめろ、唇が切れる」

「でもっ……止まらないっ……」

「拭いて」

そう言って差しだされたハンカチを受け取る。パンダにならないように気を付けて目元を押さえる。けれど嗚咽《おえつ》は止まらない。

「っくっ……せんせ……」

「ん？」

「おめっ……おめで、とっ……」

「あぁ……。うん、ありがとう。……ずっと、頑張ってくれて、本当に」

その言葉に、彼には全部ばれているような気がした。絶対にそんなことはないのだけれど、ただ……今までのことにお礼を言ってもらうには、あまりにも麻衣子は自分勝手なことをしすぎていて、申し訳なくて。涙は余計に止まらなかった。

ずっと願ってやまなかったその賞は、彼を少しだけ遠い存在にした。

☆　間瀬みどりと間宮和孝の対談

「これじゃ駄目だってわかってるだろ」

「……はい」

麻衣子は珍しく、編集長の顔をした倉田に怒られていた。

正午過ぎの編集部。倉田が何に真面目に怒っているのか気になるらしい編集部の面々はいつもより静かだ。自分の仕事を進めているように見せながら、みんな聴き耳をたてているような気がする。

「受賞後一作目を出すのは早ければ早いほどいい。それをこんなに時間かけて、挙句に結末がまだ決まってない？　描写にもお互い納得いってないなんて、どんな亀進行だよ」

「申し訳ありません」

「あまりにうまくいかないようなら担当を替える」

その一言にドクンと心臓が脈打つ。〝担当を替える〟？

それは嫌だと思うから自分は焦っているんだと思った。けれど一瞬遅れて、本当にそうか？　という疑問が沸き立つ。担当をはずれるなんて嫌だと思う一方で、担当でさえなくなれば間宮に触れられると想像した自分が、確かにいる。

「……」

「おい、聴いてんのか折橋」

「あ、はい。すみません……」

「自分でもよく考えろ。まだ自分で頑張れるのか、他の奴に任せたほうがいいのか。今日の式典が終わってからでいいから、よく考えろ」

「わかりました」

返事をして、麻衣子が自分のデスクに戻ると途端に編集部に流れる音量はいつもの大きさに戻った。じっと耳をそばだてていた部員が、電話や打ち合わせを始める。動き出した編集部の中で、麻衣子は一人ぼーっと宙を見ていた。

間宮に触れられる？　さっき一瞬想像したそれは、当初の目的からすればまったく関係ない。いつの間に自分はそんなことを望むようになったのか。思えばやっぱり、授賞式の後のあのキスから、少しずつ何かがおかしくなっていった。

「……仕事しよ」

思わず独り言をつぶやいていた。

倉田の言った〝今日の式典〟は、間瀬みどりの刊行五十冊記念のパーティーだ。間宮の受賞に続き、みどりの五十冊目にあたる作品の刊行権の獲得。麻衣子の勤める出版社では、最近はいいニュースが続いている。いつもカジュアルな格好で出社している麻衣子だが、最近は式典やメディア対応があるのでフォーマルな格好をすることが増えた。

都内のホテルのパーティー会場で行われるそのセレモニーで、主催者側の麻衣子は受付やアテンドなどいくつか役割を与えられている。一番気がかりなのは対談だ。みどりの式典は三時からだが、その前にはみどりと間宮の対談が控えている。文芸誌の目玉特集となるその対談は、絶対に成功させなければならない。

麻衣子がよく知る二人がお互いに顔を合わせるのは初めてのこと。それぞれ麻衣子が一対一で接する分には何の問題もないのだが、癖の強いみどりとマイペースな間宮。ちゃんと対談になるんだろうかという不安があった。〝まぁ荒れたら荒れたでおもしろいじゃん？〟と言いながらこの件を丸投げしてきた倉田のことを殴りたい。さっき怒られて反省したばかりだけれどもそれとこれとは関係ない。女性誌の〝抱かれたい男〟特集といい、対メディアとなると本当に良い話を持ってこない。

そんな不満をぐじぐじ心の中で募らせながら、麻衣子は別の心配もしていた。今の原稿の進捗状況で、間宮がみどりと言葉をかわすことが吉と出るか凶と出るか。今の行き詰まった状況に、追い打ちをかけはしないかと。

午後一時。都内の高級ホテル。パーティー会場の一つ上のフロアにあるセミスイートで対談の準備が着々と進む。落ち着いた色の照明と家具に反して、二人を囲むスタッフはせわしなく動いていた。真新しい家具の匂いがする空間で、照明のあたり具合のチェック。スタイリストが二人の服装と髪を一人ずつチェックしていく。みどりは黒のシルクのドレス。六分丈袖のタイトな上半身に、ふんわりと膨らんだスカートはスタイル良く、品良く見える。間宮は黒のチェックシャツを中に着込み、空色のジャケットを羽織っていた。いつも私生活を垣間見ている二人の余所行きの格好は、どうにもこそばゆい。口をへの字に曲げる麻衣子の傍らで、倉田は対談の進行役である文芸誌担当と最終の打ち合わせをしていた。

カメラの画角にきちんと二人が収まるよう、四角いローテーブルの隣接する辺のソファに二人は着席している。麻衣子の役目は、二人が雰囲気よく対談を進められるよう開始までの場を取り持つことだ。

スタイリストが離れていってもまったく会話をしそうにない二人を見かね、麻衣子はいつものように締まりなく笑った顔をつくってみどりに近づく。

「みどりさーん。用意したお菓子もう食べました？　ここのホテルのお菓子すごくおいしくて――」

「あんたね。折橋がかかりきりになってる新人作家っていうのは」

「……」

麻衣子を思いっきり無視して発せられたみどりの言葉は、どうやら間宮に向けられているようだ。おそるおそる間宮のほうを見ると、何てことない顔でコーヒーをすすっている。

「……それ、俺に言ってますか？　もう新人でもないかなって自分では思ってるんですけど」

「編集者がべったりついてないと書けないなんて甘えてるうちは新人よ」

「はぁ、そうですか。じゃあそれでいいです」

喧嘩腰を！　やめろ……！

心の中で麻衣子は叫ぶ。なんとなく、なんとなく二人が出会うとこうなるような気はしていた。とりあえずは否定から入るみどりに、我が道をいく間宮。加えて二人は多分、それぞれ変に麻衣子にこだわっているところがあって、それがなおさら相いれないのだろう。

麻衣子がはさむ言葉を見つけられないままに、二人のドライな会話は続く。

「前からあんたのことは気に入らなかったのよ。棚に並ぶと著者名順であたしの隣に並びがちだし」

「はぁ……それはどうもすみません」

心のこもらない返事を間宮がする。どう考えてもみどりのクレームは理不尽だし謝る必要はなかったと思うが、むしろそんな感情のない謝罪ならしないほうがマシだった！　と麻衣子の心の中で間宮へのダメ出しが止まらない。

「あの……二人とも写真に写るんだからもっと良い顔で」

「折橋」

「はい」

またもや麻衣子の言葉は無視されて、みどりのぴしゃりとした声につい返事をしてしまう。

「あんたこの男の担当はずれなさい」

「えぇ！」

「こんなのにつきっきりであたしがおざなりなんて段々腹が立ってきたわ。はずれておしまいなさい。倉田さんにはあたしから言っておくから」

「ちょっ、と、待ってみどりさん」

「聴けないならあたしはもうあんたのとこでは一冊も書かないわ」

「もー……」

これは面倒なことになった。みどりの面倒なところは付き合いも長くなって抑えがきくようになったと思っていたが、今回はだいぶこじらせている。間宮の目の前で言った手前、みどり自身も早々撤回できないだろう。

しばらくはみどりのところにも通いながら懐柔するしかない……。麻衣子がそんな風に考えていると、隣で見ていた間宮はぽそりとこぼした。

「意外と器がちっさいんですね。〝編集がついてないと書けない〟なんていうのは甘えなんでしょう？」

新人なんですか？　と嫌味ったらしいことを目を伏せて言う間宮に、麻衣子は卒倒しそうになる。

「間宮先生……！」

これにには麻衣子も黙っていられない。

「もういいから、煽るようなこと言わないでください！　黙って！」

「黙ってって、今日は喋ることが仕事なんだけど。それで、折橋さんは間瀬先生がこう言ったら俺の担当はずれるわけ？」

「……あのねぇ」

「どうなんだい折橋」

「みどりさんまで……！」

これがみどりの小説の中で見てきた〝私のために争わないで！〟か……。小説の中ではヒロイン的に美味しい展開なはずなのに、冷や汗しか出てこない。

世渡り上手の猫被りが最も困る場面。それが〝板挟み〟だ。一人ずつ相手にするならいい。八方美人はお手の物だから。ただ、要求が食い違う二人を一度に相手するというのは、どう足掻《あが》いてもそれが裏目になる。どうすれば。

　麻衣子がぐるぐる思考を巡らせていると、セミスイートに撮影スタッフの声が響く。

「間もなく始めまーす。各自スタンバイお願いします！」

　お願いしまーすと各所から声がして、部屋は静まり返っていく。麻衣子も写真に写りこまないようにその場から離れるしかなくなって、どうしようと迷った顔のまま後ずさる。

　こんな雰囲気で対談なんてめちゃくちゃだ。しかもこの険悪なムードが自分のせいだなんて、集まってくれているスタッフにも申し訳なさすぎて既に土下座してまわりたい気分だ。

「では、よろしくお願いしまーす」

　緊張の一瞬。進行役の女性は二人の視線が不自然な方向にいかないよう、カメラの傍からお題を投げかける。

「では、質問に入る前に挨拶のトークから入りましょうか。間宮先生からお願いします。あとで編集が入りますので、言葉もそこまで気を遣わず話していただいて結構です」

「わかりました」

　間宮は進行役に頷いて、みどりのほうを向いた。その顔は、さっきまでの険悪なものとは違う。相手に興味を持ち敬意を払う大人の表情。麻衣子はぎょっとした。

「間瀬先生、この度は五十作品目の刊行おめでとうございます」

「ありがとうございます」

応えるみどりの顔も朗《ほが》らかだ。

「間宮先生みたいにお若い方だと、私の作品なんてご存知ないでしょう。急に対談の話がきてびっくりされましたでしょう？」

「まためたご謙遜《けんそん》を。読んでいないわけないじゃないですか、このジャンルで書いていて」

この爽やかな笑い声は一体誰のもの？　頭の中で疑問符が飛び交う。見たことのないみどり。見たことのない間宮。間宮にいたっては、いつ読んだのかみどりの過去の作品を引き合いにだし、〝やれここが素晴らしかった〟、〝ここが自分には書けない文章だと思った〟と、上手に持ち上げている。そんなスキル、間宮にあっただろうか？

「心配しすぎなんだよお前は」

「……編集長」

部屋の隅で控えていた麻衣子に、いつからか傍に立っていた倉田はこそっと耳打ちする。ボイスレコーダーが拾わない程度の小さな声で。

「そんなに不安にならなくても、お前の先生たちはどっちも大人だ。猫被れるのが自分だけだと思わないほうがいいぞ」

「……ほんとですね」

倉田の言う通りかもしれない。微笑み合うみどりと間宮を見ていると、よくわかる。

麻衣子は、策を弄してあざとく振る舞うことを得意だと自負する一方で、そんなことは誰でも日常的にやっているということを忘れていたのかもしれない。自分の専売特許だと思い込んでいたのかも。みどりにしても間宮にしても、麻衣子が知らない顔を当たり前に持っているはずだ。……間宮に、知らない顔？

「……」

思い出したのはつい最近のこと。麻衣子が熱を出した翌日、朝方に帰ってきた間宮から知らない女の匂いがして、泣きそうになったこと。あのとき悲しくなった理由は、一つだけではないと思う。

他の何かにほんの一時でも心奪われるということが我慢ならなかった。間宮は、私のことだけ見ていればいい。渇望《かつぼう》しても決して触れられない私のことを想っていればいい。そんな、少しも綺麗ではない感情の傍らで、もう一つ綺麗ではない感情があった。まだ自分の知らない間宮がいるのか。一年半。二年飛んで、三年。学生時代も知っていて、生活しているところも知っている。これ以上知る余地なんてないと思っていたところに、朝、何をしていたかわからない間宮が帰ってきて、知らない女の匂いを漂わせていて。漠然と嫌だと思ったこと。

「……編集長」

「なんだ」

「編集長のせいで嫌なことを思いだしました。甘いものを奢《おご》ってください」

「おーいい度胸だてめぇ表へ出ろ」

そんな冗談を言いながら倉田はそこから動く素振りを見せないし、なんだかんだ言って甘いものをそっとデスクに置いてくれるに違いなかった。圧倒的な大人の対応に、自分はまだまだ小娘だと自覚する。間宮とみどりが、麻衣子の手の届かないところで談笑をする。ちょうど今この部屋で離れている距離だけ、置いていかれるような気がした。

「散々持ち上げてくださいましたけど、間宮先生も先日受賞されていましたよね。日本恋愛小説大賞。あなたの若さで、しかも男性での受賞は珍しいと伺いました、快挙ですね。本当におめでとうございます」

「いやぁ……恐縮です。間瀬先生にそう言われると頭があがりません」

「またまた。間宮先生だってご謙遜が過ぎますわ。私、その作品拝読しましたのよ」

「え？」

一瞬、素で驚いた顔を間宮は見せた。麻衣子も、同じ顔をしていた。

そうなの？　と思わずにはいられない。なぜならみどりは、他の作家の本をほとんど読まないし、ましてや最近の作家の作品なんて手に取っているのを見たことがなかった。

「そんなに意外ですか？　私だって、今注目される新進気鋭の先生のご本は気になります。インプットがなければ作品の中に流れる空気も古くなっていきますし、勉強しなければ遅れていくばかりですよ」

「そんな。先生の本はいつでも新鮮だと定評があるじゃないですか」

「えぇ、だから、勉強をしているんです。率直に申し上げてあの作品……間宮先生の。『肌色の境界線』ですね。素晴らしかったです」

ざわっと部屋の中に走った動揺を肌で感じとる。みどりの取材には何度か立ち会ったことがある。それでもこんなことは初めてだ。みどりが、公の場で他作家の作品を褒める場面は——見たことがない。

「あ、りがとうございます」

流石に間宮も戸惑っている。それはそうだろう。ただでさえ、ついさっきまでは罵倒されていた相手からの称賛。それもなかなか他人を褒めない間瀬みどりの絶賛。これは、間違いなく記事に大きく載る——。動揺のなか、倉田の口の端が上がっているのを見て、麻衣子はそう思った。みどりの性格からして、この場だけのリップサービスで褒めたとは考えにくい。意外な言葉はまだ続く。

「描写が、まるで自分が渇望されているかのように、恥ずかしくなるくらいリアルで。こんなに大事に、我慢して扱われたら、もどかしくも幸せなんでしょうね。これはネタバレになってしまうので、編集でカットしていただきたいところなんですが」

そう言ってみどりはちらりと進行役の女性を見た。女性は頷いて答える。

「大丈夫です。ネタバレ部分はカットします、続けてください」

「――結局、渇望してそのまま、最後まで行為に及ばないという結末が新鮮でした。官能小説では禁じ手なのではないですか？　それでも、官能小説という前書きで読んでも不満が残らない。それは描かれている渇望や羨望の描写が充分すぎるほどに官能的だからです」

「……」

誰も何も言わなかった。書評にも近い感想に、間宮も、進行担当も安易に触れられない。みどりは喉を潤そうと、紅茶の隣に用意された水を一口飲み込む。そしてもう一言だけ、短く言葉を続けた。

「……モデルがいるのでは？」


――みどりさん、それは。触れちゃだめ。


あれを自分と重ねてしまえば、麻衣子はもう、間宮と目を合わせることもかなわなくなる気がした。だから必死で、そこには触れないでと、話題を流してと、強く念じる。

間宮が口を開いた。

「……モデルは、いますよ」

――やめて。

心の中で訴えても、麻衣子の言葉は届かない。

☆　小説のモデルは

対談が終わり、スタッフが機材を外に運び出して撤収が済むと、倉田も「セレモニーまで休憩しててください」と言ってどこかへ行ってしまった。セミスイートには間宮とみどりの二人だけになった。途端に居心地の悪い空気が流れ、間宮は反射的に立ち上がりそうになったが、ここは先に立ったほうが負けだと思いソファに深くかけなおす。

「……お疲れ様でした」

申し訳程度に挨拶だけすると、その後の会話はみどりが繋いだ。

「折橋の態度は何だい。終わるなり部屋から飛び出して、教育がなってないよ」

「俺に言わないでくださいよ……。始まる前にあなたがいじめたからじゃないですか？　わざと困らせるようなことを言って」

「よく言うね。自分だって乗ってきたくせに」

対談が始まる前の一芝居。間瀬みどりは明らかに、わざと面倒くさい要求を麻衣子にしていた。間宮の担当をはずれなければ書かない、なんて、度が過ぎた我が儘を言うはずがない。けれど麻衣子は真に受けてしまう。麻衣子は自らを良く見せる振る舞いにばかり敏感で、自分をわざと貶《おとし》める意図には気付けない。それに、麻衣子自身をわざと悪く見せることも下手くそだ。

「困らせたくなるねぇ、折橋は」

「……」

「上手に懐に入り込んできて涼しい顔で人を懐柔していくから、たまには無理難題言って困らせたくならない？」

「……性格悪いですね」

「自分だけいい子ぶる男は嫌いよ」

「間瀬先生」

「何」

「本当のこと言ってもいいですか」

「言えばいいじゃない何でも」

間瀬みどりと話せる機会なんてそうない。間宮は、みどりに対してずっと思っていたことを打ち明ける。

「俺も昔から、間瀬先生のことあんまり好きじゃないんです」

「……言うじゃないの若造が」

「好きになった子が、間瀬先生の小説を読み漁ってて無駄に駆け引き上手で。もう随分長い間それに困っています」

「それって……」

みどりはすぐに思い至ったような顔をした。

「そう、あんたが」

それはますます面白くないお話だわね、と憂鬱なため息をつく。

対談で間宮がみどりの過去作品にまで細かく触れたとき、一番驚いた顔をしていたのは麻衣子だった。いつの間に読んだの、と言わんばかりに驚いていたけれど、そんなの昔からだ。あれだけ傍で他の作家を絶賛されて、読まないわけがないのに。なんなら間瀬みどりの小説を参考にして迫ってみたこともあった。どうすれば彼女の心の内をつかめるのかと。

「どんな事情があるか知らないけど、折橋は面倒な女だよ。敏《さと》い上に頑固だ」

「織り込み済みですよ。言っておきますけど、俺のほうが付き合い長いですからね」

「あたしは中学校通ってるガキのときからあの子の人格形成に関わってるけどね」

「張り合わないでください、大人げない……」

こんなことでも意外と話が続くもんだな、と思いながら会話のボールを投げつけ合う。麻衣子のことは、たまに司馬にこぼすくらいで誰かにこんな風に語ることはほとんどなかった。（そもそも友達がいないという点は置いておいて）

「大人げないのはどっちだい」

「え？」

「わざと原稿遅らせて家に来させるよりも、さっさと終わらせてデートに誘うほうが早いに決まってるのに」

馬鹿だね、と言ってみどりは、残った紅茶をすする。

その指摘に、間宮はうーんと唸るしかない。確かに、そんな小細工をしていた時期もあった。既にできている原稿をパソコンのフォルダの下階層に隠し、「まったく進まない」「お手上げだ」と麻衣子を家に呼んだこともある。そんなことがバレたら死ぬほど怒られるんだろうけど。

でも今回ばかりはそうじゃない。

「……別に、わざと遅らせてるわけじゃありません」

「本当に行き詰まってるの？　じゃあ才能がないのよ」

「手厳しすぎませんか……？」

今度こそみどりの言葉がグサリと刺さって、間宮は唇をわなわなと震わせた。

先輩作家怖ぇ！

「……彼女を手に入れる結末を探してるんです」

「……ふーん？」

割と核心に触れる一言だったと思うのだが、そこでみどりは急に興味をなくしたように気のない返事をした。ふーんて。そんな返しをされるとこれ以上話すのも馬鹿らしく思えて、間宮も黙る。

対談が終わった直後に飛び出していった麻衣子は、今どうしているだろう。みどりの「モデルがいるのでは？」という問いかけに、間宮はのらりくらりと「今まで出会った女性の集合体ですかね」みたいに答えたというのに。あんなに顔を真っ赤にして飛び出して行ったら、自分が小説のモデルだと自白しているようなものだ。

麻衣子はずっと昔から自分がモデルだということに気付いていたはずだ。でも努めて気付かないように振る舞ってきた。それが今はもう、気付いているということを隠し切れていないくらいに反応して。

あるいは、彼女を手に入れる結末に頭を悩ませなくとも、このまま揺さぶり続ければ麻衣子は勝手に腕の中に落ちてくるのかもしれない。そんな考えが一瞬頭をよぎったが、楽観視できないのは、知っているからだ。

折橋麻衣子はブレない。

「……」

沈黙のまま間宮はソファから立ち上がる。

「帰るのかい」

「まさか。ちゃんと式典にも出て間瀬先生をお祝いしますよ。今日のメインはそっちです。……その前にちょっとトイレに」

「折橋ならパーティー会場の後ろ側、柱の裏だよ」

「……」

「折橋が一番好きだって言ってたあたしの作品の、ヒロインが隠れた場所だ。あの子は教科書だって言って本当に行動をなぞったりするからね。あれで相当、乙女なところがある」

「……知ってますよ」

麻衣子をすべて把握しているような物言いにカチンとくる。麻衣子の居場所なら、間宮も見当をつけていた。

セミスイートを出てエレベーターを待つことなく階段を探し、駆け降りる。三つの大きな扉があるパーティー会場。この後始まる間瀬みどりの記念式典に向けて、出版関係者、メディアの受付が始まっている。そこをスルーし、間宮は人の流れを縫って中へと入る。まっすぐ会場後方へと向かう。この部屋の造りは把握していた。ここは間宮が、先日受賞記念パーティーを開いたのと同じ会場だ。

迷わず一本の柱の前に辿りつく。その柱の陰で、俯いてぼーっとしている麻衣子がいた。あの時もそうだった。受賞記念パーティーの時も麻衣子は、この柱の陰に隠れて泣いていたのだ。てっきり笑ってくれるものだと思っていたら、まさかの涙で驚いた。

今日は冴えない表情で。笑顔と愛嬌の武装もない、そのままの麻衣子が気配を消して、そこに一人で立っている。

「――麻衣子」

「うひゃぁっ！」

完璧に不意打ちだったからだろう。すぐ後ろからの声に麻衣子は飛び上がり、間宮を見た。驚き振り返ったその顔は、目を見開いてはいるけれどもう表情がつくられている。ちゃんとかわいく見えるからたいしたものだ。

「ま……み、や……先生。すみません変な声出して」

「アテンドと受付の仕事があるんじゃなかったか」

「あっ……」

本当に忘れていた声を出して、麻衣子はばっと駆け出そうとする。とっさにその手をつかんだ。

「っあ」

「え」

腕に触れただけ。別に下心があったわけでもなく、ただ触れただけなのに。感じたような声を出されて、間宮も戸惑う。

「や、う……」

それでも当事者の麻衣子のほうが戸惑っているようで、恥ずかしかったのか明らかに動揺して顔を赤くしている。

「……なに？　今の」

「いやっ……何でも」

「……」

「っ、どうせ意地悪言うんでしょう⁉　〝何触られただけで感じてるんだ〟とか〝いやらしい〟とか！」

「誰も言ってないだろそんなこと……」

呆れて間宮がつぶやくと、ふるふると泣き出しそうな顔で首を横に振る。だからなんでこう、最近の彼女は、こんなにかわいく……。

「……触ってほしい？」

「……え？」

「触れてほしいって、思うか？　俺に」

「……」

双眸《そうぼう》が見つめあう。今この瞬間の麻衣子の心の中を読めるほど、間宮は麻衣子のことをよく知らない。だからこそ訊きたいその答えを——訊けないまま。

「っ……」

　麻衣子はつかまれたままの腕を振り払い、また脱兎《だっと》のごとく駆け出そうとする。

「ちょっと待て」

「先生ごめんなさいっ、私自分の持ち場に……」

「大丈夫だ。俺が通ったとき受付の人数は足りてた。間瀬先生のアテンドだってまだ呼びに行く時間じゃないだろう」

「……そう、です、けど」

「……そもそもなんで、対談のとき走って逃げたんだ？」

　問いかけると麻衣子は、おそるおそる間宮と視線を合わせる。あざとく笑おうと試みているのが、手に取るようにわかる。

「やだ……逃げるってなんですか！　緊急の電話がかかってきただけですよ」

「それはあの場にいた間瀬先生や俺よりも大事な電話か」

「……間宮先生まで。みどりさんみたいなこと言い出さないでください」

「麻衣子」

「折橋さんです」

「麻衣子」

「……」

「あの小説のモデルは……んぐっ」

口を塞がれて変な声が出た。麻衣子が、その華奢な両手で一生懸命に間宮の口を塞いでいた。言葉の続きを言わせまいとして。その赤くなった必死の表情と言ったら、あざとい演技も忘れてしまっていてただただかわいい。口を塞がれたまま必死な顔と見つめあう。そろりと、塞ぐ手をはずして、間宮は別のことをつぶやいた。

「……そろそろケリをつけなきゃな」

「……何の？」

それは勿論二人の関係だった。何かしらの結論を出さなければきっと、麻衣子はまた何かを画策し始めてしまうだろう。

「何って、今書いてる小説の」

「……そうですね」

肩を落とすのと一緒に下げた視線。伏せられた睫毛の下に隠した思惑。何を懸念してブレーキをかけているのか、それさえつかめればこの先も一緒にいられそうな気がするのに。触れてほしそうにするくせに、触れてはいけないと言う。今までも禁欲を強いられてきたけれど、今は気持ちが自分に向いていると感じるからなおさら辛い。

☆　策士が一番願っていること

　みどりの記念セレモニーは特に問題なく終わった。麻衣子が間宮の担当をはずれなければもう書かない、なんて面倒なことを言いだしたみどりだったが、式の歓談中に声をかけるとけろりとした顔で「あんなの冗談に決まっているでしょう」とのたまった。傍でそれを聴いていた間宮は肩を竦めるばかり。すっかり懐柔できた気になっていたが、やっぱり間瀬みどりは食えないし読めない、というのが今回の麻衣子の感想だ。

　……なんてすっきりまとまるような話では全然なかった。記念セレモニーの翌日である今日、麻衣子は編集部の自分のデスクで頭を抱えている。

「おいコラ折橋！」

「……」

「お前ぼさっとしてないでさっさと間宮先生と原稿詰めて来い！」

「……」

　無視。

「行き詰まってるときは先生一人にしてても進まねぇぞ！」

「わぁかってますよそんなことはっ！　編集長が考えろっつったんでしょ⁉　ちょっと黙っててくだ、さ……い……」

考えているところにガンガン言葉をぶつけられて我慢ならず、麻衣子は声を荒らげていた。途中でポカンとした倉田と編集部の面々の顔が目に入り、言葉は尻すぼんだ。

「……折橋、お前」

「……」

「被ってた猫はがしすぎじゃないか……？」

「……」

ごもっともです。

すみません、と麻衣子は小さく周りに（倉田ではなくみんなに）謝って自分の席で姿勢を正す。こんなのは自分らしくない。倉田の言う通り頭を抱えている場合ではない。すぐにでも間宮に会って、小説を完成に向けて進めなければならなかった。

けれど、会えない。結構長い時間ここで頭を抱えているが、どう考え方を変えてみても会いたくない。会えば自分がどんな行動をとってしまうのか、麻衣子はもう自分でも予想がつかなくなっていた。

昨日の麻衣子は本当にひどかった。対談が終わるなりその場から逃げだしてしまったことを、ずっと恥じている。あれくらいのこと、と、今なら思えるのに。加えて彼の言葉を押さえこむように手で口を塞いだりして。間宮の作品にモデルがいて、それが自分だったとしてだから何だと言うのか。「光栄でーす♡」と軽く笑って流せばよかった。どうしてそれだけのことができなかったのか。間宮に触れられたときもそうだ。あんな声出したりして、どうかしてる。

間宮の受賞記念パーティーの前後で、なぜこうも変わってしまったんだろう。少なくとも間宮が大賞を獲るまで、麻衣子はとてもうまくやっていた。決して体には触れさせず、過去の付き合いについても話題に出させず、どこまでもストイックに振る舞った。その分だけ、間宮の書く小説のじれったさやもどかしさは着実に洗練されたものになっていった。

それなのに今のこのザマは何？　間宮が賞を獲った後の麻衣子はとてもストイックとは言い難い。ここ最近の自分の醜態《しゅうたい》を思い出す。なぜか自分から間宮にキスをしてしまったこと。司馬が傍にいるにも関わらず指で体を乱されたこと。熱を出した次の日、朝帰りをした間宮に嫉妬のようなことを口走ってしまったこと。雑誌の特集で取り上げられたことが面白くなくて、いつもよりお喋りになってしまったこと。そのまま、もしかしたら体を繋げていたかもしれないこと。深夜の編集部で、テレフォンセックスをしたこと。……挙げてみれば自分がどれだけグダグダだったかがわかる。ストイックさの欠片もない。

そんなだからきっと、司馬にも見抜かれた。ふと思い出す。間宮の大賞受賞が決まってすぐに、一度だけ、司馬からベッドに誘われたことがある。思えばあの時からこの気持ちには異変があった。ずっと望んでいたはずの間宮の躍進《やくしん》を手放しに喜べないこととは、また別の違和感。


大賞受賞が決まってすぐのある日、間宮の部屋を後にしてエレベーターを待つ間に、突然ベッドに誘ってきた司馬。麻衣子はまたいつもの冗談かと思ってお決まりの返事をした。

「やだもー、司馬さんってほんと見かけによらずタラシですねっ」

「えー折橋さんだけだよ？　ほんとにいつでも大歓迎だから。いつでもベッド半分空けてるから！」

「落ちちゃいますからちゃんと真ん中で寝てくださいね！」

なんか今日しつこいな？　と思って段々返しが雑になる。それで察してほしかったが、司馬はなかなか引きさがらない。

「一緒に寝ようよー」

「司馬さんもうやめましょう？　そろそろこの会話飽きてきちゃいました」

そう言いながら到着したエレベーターに乗り込む。しばしの密室。司馬もこれでもうこの会話はやめるだろうと、思っていた。

「折橋さん、本気で」

「……」

やめるどころか急に真面目になった声のトーンに、内心驚く。

「……本気の本気？」

「本気の本気」

冗談の色は確かに見えない。司馬とは何度となくこんな意味のないやり取りをしてきたが、こんなに真剣な目の色で何かを言われたことはない。そこに、茶化すような雰囲気も前言撤回の様子もなくて、じりじりと焦りを募らせる。麻衣子が黙っていると司馬は言葉を続けた。

「どう？　たぶん俺、和孝よりエッチ巧いよ」

マンションのエレベーターの中で、やたらと近くで囁かれた誘惑の言葉。司馬の顔は間宮とはタイプが違うけれど整っていて、いつも爽やかな顔が欲情を見せるとそのギャップには迫力があった。それなのに、麻衣子の胸は一ミリだってときめかない。

「……へぇ、そうなんですね」

にこりと笑って、面食らっている司馬にこう言ってやった。

「――それで、あなたと寝ることで、私に何のメリットがあるんです？」

世渡りのうまさだけで生きてきたから、こんな風に本性を見せることはほとんどなかった。この時だって、猫を被って恥じらいながら適当に流しておけばよかったと思う。だけどできなかった。馬鹿にするなと思った。こっちは長い時間、たった一人が欲しくてずっと我慢しているのだ。それは、簡単に埋めてしまえるような情欲ではないということ。

……ちょっと待って。私って間宮のこと欲しかったの？　と、引っかかり始めたのは、ちょうどこの時が初めてだ。

「……メリットがあれば寝るんだ？」

司馬は麻衣子が見せた顔に戸惑いながら、そうつぶやいた。そう言われれば、そうなんだろう。現に、麻衣子は目的のために倉田と寝ることになっていたとしても構わなかった。

「そうですね」

そんなやりとりの間に、エレベーターは一階に着く。駅に向かって二人は歩き出す。

「きみにとっての、メリットって何なんだ？」

「どうしてそこまでこだわるんです。そんなに私のこと抱きたいんですか？」

もう猫を被るのも面倒くさくなってきてしまってあけすけにそう言うと、司馬は真顔で、うん、と言った。

「嘘つき」

麻衣子が間髪入れずに指摘すると、ばれたか、と微笑む。司馬が本当にこだわっているのは麻衣子ではないのだ。

「司馬さんは間宮と幼馴染なんでしたよね」

「うん、中学からだけどね」

「間宮の小説、好き？」

「好きだよ。そうじゃなかったら全部発売日に読んだりしないでしょ」

「そうですよね」

　にこりと麻衣子はもう一度微笑む。

「でもね司馬さん。私のほうが愛してると思います」

「……それはどうかな？」

　司馬もにやりと微笑み返す。


　最初に司馬に出会ったとき、麻衣子はまだ編集者でも何でもない、間宮の彼女だった。友達だとだけ紹介された司馬はとても人当たりがよくて、本当に間宮の友達？　と疑うくらいに爽やかな明るい人で。同時に、この人のことはちょっと苦手だと思った。司馬は麻衣子によく似ている。軽やかに世の中を渡るための能力に長けている点と、間宮の書く文章を愛しているという点で。

「実は司馬さん、私のこと嫌いですよねぇ」

「まさか。大丈夫大丈夫、俺ホモじゃないし嫉妬とかしてないよ」

「そうなんですか？　私は結構司馬さんがそうである可能性が高いと思ってましたけど」

「無邪気な顔してそんなこと考えてる折橋さん怖い……」

「お互いさまですね」

「ねぇ折橋さん、メリットって何？」

「……」

麻衣子のことを抱きたくて訊いているのではないとわかっている。司馬はずっと、間宮に近付く麻衣子を疑ってきたんだろう。でもそれが何かを明かすということは、自分の中の大事な部分を見せるということ。

「秘密ですよ」

それはそう簡単にひけらかせるようなものじゃなかった。


間宮をデビューさせようと倉田にハニートラップを仕掛けたとき、麻衣子には一ミリの迷いもなかった。自分でも不思議なほどに、なりふりを構わない自分がいる。

ずっと、自分でもよくわからない気持ちに突き動かされてきた。大学三年生のあの時、思い付きのように、でも天命だと言わんばかりの衝撃的な直感に襲われて、間宮の才能を世に出さなければと思った。それは、それだけでしかなかったはずなのに。ここまで必死になった結果、今、一番願っていること。

「……触れられたいって、思ってる？」

編集部の喧騒《けんそう》の中でつぶやいた独り言は、誰の耳にも入らない。

まさか、でも、そんな。一体いつから、と考えだしても思考が空回る。わからない……なんていうのは嘘で、わからないふりをしているだけなんだ本当は。思考が空回るのはただ認めたくないからで、あぁもう答えをつかみかけている。嫌だ。頭に浮かぶのは、間宮の家で、徹夜明けで横になっていた彼に自分からキスをしたこと。〝なんでキスしたの？〟と訊かれて、そんなのわかんない、気の迷いじゃないの、と思った。だけど。

（そうじゃない）

あの日何かが溢れ出したように、間宮にキスをしてしまった理由。

なんでこんな簡単なことがずっとわからなかったんだろう。

間宮に対して、自分に焦がれさせようと麻衣子が目論んだように、麻衣子自身も間宮に焦がれていた。五年以上もずっと。三年間は、傍で触れそうで触れられない日々をずっと。溢れ出した結果が、あのキスだ。

——策士、策に溺れる。

「……」

認めてしまえばなんともあっけない。単純でしょーもないオチに、麻衣子は嘆息する。

どうすんの。これ。

ここまで自分の勝手で、間宮を恋に落として、愛して、離れて、生殺しにして。最終的に愛されたいです、なんてどの口が言うのか。昔あんなに体を重ねて、欲ばっかり尽きなくて求めていたものが、今さらとても純愛でそれでいて昔よりもっと欲しいなんて。

「……」

居た堪れない気持ちになって、デスクに置いていた間宮の原稿に目を通す。

性描写はどこか物足りなくて、人物がそれぞれ持つ感情も何というか中途半端。加えてまだ話のオチまで書かれていないという有り様。それはそのまま自分の甘えの結果に思えた。中途半端に体を許したから、欲望が足りない。変に心を明け渡したから、切望が足りない。結末を決められないのは、編集者としての自分がきちんと機能していないからだ。

間宮の今の原稿にある欠陥にも、本当はどこかで気付いていた。何が足りないのかを探していたけれど、足りないんじゃない。そこにあってはいけないものが描かれている。彼の小説には今まで存在しなかった、緩く流れる幸福感。それがこの物語を締まりのないものにしている。満たされてしまっているから。

学生時代から続けてきたことを、もうそろそろ完結させなければならない。麻衣子の計画の最後。この物語の結末を、最近はずっと考えていた。触れられないもどかしさだけでは似た話ばかりになる。それは彼に作家としての停滞をもたらすだろう。

間宮は「ここからだ」と言った。まだゴールじゃなくて、彼には進む意志がある。それならば、自分にできることは何？

☆　編集さんの描いた結末

その日、麻衣子は数日ぶりに間宮の家を訪れた。

「最近は頻繁に会ってたから変なかんじだな。言っても一週間も経ってないけど」

「そうですね」

部屋に招き入れられ間宮の後ろについて廊下を歩く。間宮のいつも通りの対応に、まだ彼の耳に情報が入っていないことを悟り安心した。

まっすぐ仕事部屋に向かって、鞄を置く。畳の上には既に打ち合わせするための原稿が広がっている。その中の一枚を拾い上げて、座りながら文章に目を通す。

あれ？　と思いまた別の一枚を手に取った。読み込んで、また一枚、もう一枚、と繰り返して確信する。

「……結構直しました？」

仕事部屋から問いかければ、キッチンでコーヒーを淹れてくれている間宮の声がする。

「さすがに、麻衣子が来なくても進めなきゃまずいなと思って」

「折橋さんです」

「……折橋さんがいなくても進めとかなきゃまずいよなーと思って。描写はだいぶ改善できたと思う。ただラストは……パターンはいくつか考えてみたけど、これっていうのはまだ」

「なるほど……。すみません、ちょっと時間空けてしまって」

「いいよ別に。一人で考えてみる時間も必要だったと思うし」

そう言いながら間宮はマグカップを二つ持って仕事部屋に戻ってきた。中身を零《こぼ》さないように慎重に受け取る。

「ありがとうございます」

「熱いぞ」

「うん」

受け取ったときにそっと覗いた間宮の顔の目の下に、薄らとしたクマを見つける。きっとこの修正のために、寝る時間も削って考えていたに違いない。昔よりもずっと書くことに必死で、麻衣子には素敵に見えた。

ぱらっと他の原稿も手に取り、読んでみる。

「……確かに。描写、だいぶ良くなりましたね。主人公がドキドキしてるのがよくわかる……。ワンパターンな表現もなくなって」

「あぁ」

「何か参考にしました?」

「……」

そう尋ねると間宮はぴくっと反応して、それから押し黙る。

「……間宮先生?」

「……この間の」

「え?」

「私服だった日の」

「……」

「触ったかんじで……」

「……わかりました、それ以上言わなくていいです」

ですよね、と間宮はバツが悪そうに目をそらし、原稿に視線を移した。彼はわかっている。この原稿に限らず、小説のモデルは自分だと麻衣子が気付いていることに。その上で、気付かないふりをしているということにも。そもそも〝モデルにされるのが嫌だから〟というのが別れた表向きの理由だし。

同じことを思ったのか、向かい合って畳に広がる原稿を見ていた間宮は、思い切ったように口を開いた。

「彼氏がエロ小説家なんてやだ! って言って別れたんだったな」

「……間宮先生、昔の話は」

「その元彼女は、今やそのエロ小説の編集者なわけだけど」

「言わないでください……」

言われてみれば確かに陳腐な話だった。嫌だと言って突き放しておきながら、自ら希望して担当に就《つ》いた編集者。別れた理由はこじつけだと、第三者にもわかってしまいそうなほど稚拙《ちせつ》な嘘。

会話しながら、修正の入った原稿を話の流れに添って確認していくと、いつものように前髪が触れ合う。どくどくと、自分の心臓が脈打つのがわかる。

「……だいぶよくなりましたけど」

「うん?」

「前戯は、いいとして。本番の描写はまだちょっと……」

「……」

「……」

「……だってお前。何年してないと思って……」

「……」

私に振らないでください、と言うべきところだ。付き合ってたことありきの発言を繰り返す間宮は相当緩んでいるし腹だたしい。でもその反面、というか、そんなことよりも訊き返したくて、我慢している。〝何年してないと思って〟？　誰ともしていないとでも言うのだろうか。間宮も、あの日から？

「……間宮先生」

「なんだよ」

間宮も言うつもりがなかったことを口にしてしまったのか、更にバツの悪そうな顔をしていた。ばかだなぁって、愛しさが少しだけ胸を締め付ける。

ちょうどその時、間宮のスマホが鳴った。

「あ、わるい。電話……」

「出ないで」

ぴしゃりと言い放つと不思議そうな顔を向けられる。かかってこないはずがないとは、思っていた。でも今その電話に出られるのは困る。

「……麻衣子？　でも、編集部からだ」

「出ないでください」

「一体どうしたんだよお前……」

問いかける声に返事をしないまま、前髪が触れ合うその下の目をじっと見つめた。間宮はとても綺麗な目をしている。顔を上げれば吐息がかかるほど近いこの距離が、今までどれだけの誘惑を孕《はら》んでいたか。

「本番」

「え？」

「しませんか」

「…………は？」

最後まで言っても間宮の口から出てきたのは驚きの声で、急激に恥ずかしくなってぱっと顔を下げる。でも恥ずかしがっていても話は進まない。畳についている両手が震えだしそうだ。

緊張も照れ臭さも押し込んで、蠱惑《こわく》的な笑みをつくって浮かべる。あぁあざとい。客観的に見て薄ら寒い。でも麻衣子の武器はそれだけ。

未だにぽかんとしている間宮の、左耳に唇を寄せて、囁く。

「本番の感覚が、いまいちリアルに書けないんですよね？　……ずっとセックスしてないから。それなら私としましょうよ、本番」

ねぇ、と、首に腕をまわそうと片手を浮かすと間宮が先に動き出して、体がふわりと浮いた。気付けば、原稿の上に押し倒されていた。

「――いいんだな？」

そう短く訊いた目は、今までに見たことがないほど欲情の色を示している。間宮の目に映りこんだ麻衣子は原稿の上で乱れていた。大切なお原稿を踏むなんて言語道断。――でも、こういうことだと思った。良い作品を作れるように築き上げてきたストイックな関係を、このたった一回のセックスが壊す。小説なんて知ったことかと、原稿そっちのけで交じり合うのだから。

「っ……ふぁ……っ」

トップスとスカートが切り替えになったワンピースの裾《すそ》をたくしあげられて、下肢のストッキングはおろか胸までもが露わになる。間宮は強引な手つきでブラのカップをずり上げ、しゃぶりつくように左の乳房を口に含んだ。

「ん、んンっ……！」

思いっきり喘いでしまいそうになるのをこらえ、手の甲で必死に自分の口元を押さえつけ声を殺す。けれどつい見てしまう。たくしあげられて山をつくっているワンピースの向こう側に、自分の胸の膨らみとそれに吸い付く間宮。間宮はいつの間にか眼鏡をはずしている。胸から口を離したかと思うと唾液でてらてらと濡れた先端を、今度は舌でしごきはじめた。

「やっ、っ……ぁ……」

「ほんとに……ん、っ……胸弄られんの、好きだな……」

喋る合間にも、れろ、と舌のざらつきが乳首を刺激していく。上目遣いで麻衣子の表情を確かめてくる顔を見て、その口が含んでいるのが自分の恥部だと理解して頰が熱くなっていく。同じ行為の繰り返しなのに、それが回を重ねるごとにじんじんと疼き、痺れがおさまらない。

痺れすぎて、感覚も麻痺してきた頃に。間宮はストッキングを脱がさないままに手を

ショーツの中へと滑り込ませてきた。

「だめっ！　……ひっ、あ……」

間宮の細い指は茂みを掻き分け、迷わず蜜口に辿りつく。咄嗟《とっさ》に制止の声をあげてし

まったのは、自覚があったからだ。そこはもう、恥ずかしいほどに。

「……すっごい。トロトロ……」

間宮は薄く笑って言うと、首を伸ばしてキスをしてきた。そんなこといちいち言葉にし

ないでほしい、と思いながら、抗議するよりもキスが惜しくて何も言えない。唇を重ねな

がら、間宮は蜜口に指を沈め、浅く出し入れする。

「んッ……は、はぁ……んん、んっ、あぁっ！」

中の壁を指の腹でそっとなぞるようにして擽《くすぐ》られる。少しずつ奥へ、かと思えば浅いと

ころを擦って。中から蜜を掻きだすように中で指が蠢《うごめ》く。

「……もっ……指、ばっかりっ……」

「もう我慢できないのか」

あざ笑うように喉で笑って、間宮はストッキングの穿《は》き口に指をかけた。

「腰浮かして」

要求には一瞬だけためらって恥じらいを見せて、でも従う以外の選択肢なんてない。中断はありえなかった。間宮は最初にがっついていたのが嘘のように緩慢《かんまん》な動きで麻衣子をじらす。

「っ……」

ストッキングを脱がす指先が、太腿に触れていくだけでも体が跳ねてしまいそうだった。

ストッキングの次はショーツを。最後まで脱がさず、膝の上まで下げたところで間宮は麻衣子の両脚を押し上げ、そこに顔を埋《うず》めた。

「ひゃ、あっ……！　やっ、舌入れないでっ」

「指ばっかりって文句言うから」

「そういう意味じゃなっ……うぅんっ、あ……ひッ」

くちゅ、と耳を塞ぎたくなるような音をたてながら、生温かくぬめっとした感触が出たり入ったりした。たまに溢れた蜜をすすりながら、舐めているところのすぐ上にある膨らみを指で押し潰してくる。強すぎる刺激にのけぞった。

「あぁっ……いやっ、間宮っ……先生、っん……もうっ……！」

「何。もう、どうした？　イきそう？」

ふるふると首を横に振る。間宮はわかっていて訊いている。イきそうでイけない、そん

な感覚の中苦しんでいる麻衣子を見て、愉しんでいる。ついには蜜で濡れた突起を舌で嬲《なぶ》りはじめた。

「くっ、あ……あぁっ！　ん、やっ、ほんとに、も……やぁん……！」

「はぁっ……さっきから膝こすり合わせて……限界？」

こくこくと頷く。大きな声で喘いでしまったことが恥ずかしくて声は出せなかった。体はもう蕩けきっている。

「挿れてほしい？」

「……ん」

優しい顔で訊いてきて、麻衣子が返事をすると、そうか、と言って自分のズボンに手をかけた。チャックが下ろされるところをどきどきしながら見つめる。

「物欲しそうな顔。エロい」

すべては脱がずに、間宮はズボンの中から膨張した自身を取り出して、麻衣子のヒクつく蜜穴に宛てがった。

「は……っ。あ……早く、来て……」

――ずっと触れられなかった女の体をあげる。〝この行為が次作の糧《かて》になりますように〟なんて心の中で唱えてみる。そんなのは嘘、と秒速で否定したのは本能だ。

これは何のためでもなく他ならない自分のため。謀《はか》って謀って謀って、よくわからなくなってしまうほど謀略《ぼうりゃく》の限りを尽くした七年の上に立って、今更〝愛して〟なんて言えないから。小説のためなんていう建前をかざした。

「ん……」

予感で、期待で、息が詰まる。ぴとりとくっついた間宮の熱が、入り口をなぞるように一帯を擦ってくる。凶暴な切っ先が入り口と肉芽を刺激していく度に、腰の下から何か這いあがってくるような快感が押し寄せた。これが滑るように中に入った次の瞬間には、きっと、中をめちゃくちゃに犯されるのだろう。ずっとそうしてほしかった。我慢を強いてきたのは麻衣子だ。それでも、ずっと、間宮に犯すように抱いてほしかった。それももう間もなく。

硬く膨らんだモノの柔らかな先端が割れ目をぬるぬると往復するのをやめ、穴に切っ先を合わせてぐっと力んだ。麻衣子は挿入時の快感に備え、声を我慢するためきゅっと口を結ぶ。しかし――。

「はい、ここまで」

間宮はそう言った。

「……え？」

「ここまでで終わり」

「は」

「興奮したよ。これでリアルに書けそう」

間宮は、まだ上に反り返っている自身をキツそうにズボンの中にしまおうとしていた。

麻衣子は担がれていた脚を床に降ろされ、呆ける。終わりって。

「いや……」

思わず泣きそうな声が出た。

「間宮……先生。いやだ。こんな……こんな中途半端」

寸前で放置された麻衣子の体はまだ熱を持て余し、中もまだ間宮を欲しがってヒクついていた。終わりなんてそんな冗談。堪えられるわけがない。体を起こし、間宮に迫る。

「ねぇ」

「ん？」

近付いた麻衣子に、間宮ははぐらかすようにキスをした。

「ん、は……いや、ねぇ、ちゃんと……んんっ」

「なに、麻衣子」

意地悪をされている？　キスをしながら、大きな手のひらが麻衣子の頬や肩を撫でていく。そんな僅かな接触さえも端から欲望に火を点けていく。

きちんと欲しいと言わなければ、してくれないということだろうか。でも間宮はもうズボンを穿いてしまった。これはどういうこと？

わけがわからず、間宮のズボンに手をかける。

「だめ」

「どうして……？」

その手もたしなめられた。

「気持ちよかっただろ」

「どうして途中で……」

「最後までしたかった？」

とぼけるようにそう言う間宮が心底憎らしい。

「いや、間宮。……して。ちゃんと抱いて」

「おねだりなんて珍しいな」

「挿れてよ、これ、私の中……いっぱい奥まで突いて」

「はしたないこと言うんじゃない」

「そんな……！」

恥も外聞もない。脚の間で欲望は膨れ上がるばかりで、疼きは一向におさまらない。気付けば間宮に跨っていた。どうしたらその気になってくれるのかばかり必死で考える。

「間宮だって、こんなに硬くしてるくせに」

ズボンの中に無理やり収められたそれは、所狭しとはちきれんばかりに膨らんでいた。決して反応していないわけではない。だからなおさら納得できない。欲しいものがすぐそこにある。思わず腰を振り擦りつけていた。

「……こら、淫乱」

「抱いてよ……」

「だーめ」

そう言って間宮は麻衣子の両脇に手を入れて、自分の上から麻衣子を降ろした。そのままベッドに横たえられて、少し期待する。

でも間宮は先手を打った。

「しないって言ってるだろ」

横に寝転びながら布団を被り、間宮は麻衣子の頭を撫でた。本当なら嬉しいはずの温かな手のひらにさえ、もどかしくなる。

「ほら落ち着いて。息ゆっくり深く吐き出して、熱逃がして……」

本当にしないつもりなんだ。

もうこの熱を放出する快楽は与えられない。わかっていてもなお苦しくて、歯がゆくて、どうにかなってしまいそう。密着して、鼻孔いっぱいに間宮の匂いを嗅ぐだけでまた昂ぶってしまう自分がいる。布団の中で、麻衣子はまだ太股をこすり合わせていた。

「っ……」

「そんなに？　我慢できないんなら、自分ですれば？　見ててやるから」

「やだっ、できない……」

「できない？　そんなわけないだろ。……なぁ麻衣子」

「……な、に」

「俺の小説読んで、自分で弄ったりした？」

「なぁっ……」

絶対に訊かれたくなかったことを、よりにもよって今。麻衣子は羞恥と怒りで顔が熱くなっていくのを感じる。

「どうなんだ」

「なんで、そんなこと言わなきゃいけないのっ……」

「大事なことだから。官能作家として」

まるで子どもを寝かしつけるように柔らかく、頭の後ろや背中を撫でてくる。その手で甘やかして、言葉で嬲る。

「片手で文庫本持ってさ。もう片方の手で……」

触ってたんだろ、と、返事を待つように訊かれると、麻衣子はもう堪えきれなかった。

体で燻《くすぶ》る熱をどうにもしてもらえないまま辱《はずかし》められ、つらくなって。

胸の中で何かが決壊したようにぽろぽろと涙がこぼれた。

「……あーあー泣いちゃって……。かわいいな」

「最低……」

こぼれていく雫を、間宮は何度も目元にキスして拾っていく。ぺろりと舌が涙を掬《すく》う。

「ほんとにかわいい、麻衣子」

言ってからこめかみにキスをしてくる。キスも嫌。何をされても、それがまた新しく欲に火を点けそうで怖かった。間宮はそんなこと知らないという顔で、自分がキスに満足したら麻衣子の体を抱きしめたまま、眠ろうとする。

これはきっと仕返しなんだ。ずっと長い時間、間宮の気持ちを操り、弄んできた麻衣子への仕返し。疼きがおさまらない体を抱きしめられて眠る。違う。こんなぬるい幸せがほしいわけじゃない。

ベッドの中で。

「……間宮」

「ん？　先生はどうした。折橋さんって訂正するのも忘れてるし……。別にいいけど」

「……」

「……怒ってる？」

抱きしめられている状態では、耳のすぐ上から声が降ってくる。怒っていないわけがない。それでも、疼く体は性欲だけかというとそうではなくて。

「……こうしてるだけで、まぁまぁ幸せを感じられてしまうんですよね」

「……もしかしてデレてる？」

「違います」

「違ったか」

寝不足の間宮は小さく笑いながら、うつらうつらと眠りに落ちていく。

「……」

間宮に抱かれることは、きっともうない。

寝息をたてはじめた彼の腕をそっと自分の上からどけて、ベッドの中から抜け出す。麻衣子は今日、ただ抱かれにきたわけではない。それも含めて、編集者として最後の仕事をしにきた。まさか拒否されると思っていなかったから、作戦は半分失敗してしまったけれど、仕方ない。それでもこれから麻衣子がするべきことに変わりはなかった。

畳に散らばった原稿を大事に拾い上げて、最後のワンシーンを探す。間宮がやっぱり書けなかったと言っていたシーンは、前の打ち合わせで二人して煮詰まったところで終わっていた。

正念場、だと思う。これからの彼と彼女を決定づける正念場。意味深な沈黙が流れて、どちらが先に口を開くか、という一瞬。――先に口を開いたのは彼女だった。

＊　＊　＊

＊　＊　＊

――そこで原稿は途切れている。間宮は知らないから書けない。この後彼女が何と言うのか、想像もつかないんだろう。

編集者が勝手に原稿に手を加えることはご法度。だけど麻衣子は、このヒロインがここで彼に向かって言うべきセリフを知っている。麻衣子は自分の鞄の中から校正用の赤ペンを取り出して、途切れた原稿の続きを一文だけ、書き足した。

『さようなら』

ねぇ、だって。私たちって、そういう結びつきじゃないですか。

恋人になるところから。そもそも最初に、間宮が大学で麻衣子を好きになるところから、すべて麻衣子が仕組んだことだ。作家と編集担当になったことも、すべて麻衣子の策略の中で作り上げた手のひらの上の関係性。だから、終わりもこれがふさわしい。幕を引くのも麻衣子の仕事だ。

原稿をまとめて文机に置いて、よく眠っている間宮に目を向ける。目の下のクマからして、よほどの睡眠不足であろう間宮はまだしばらく起きない。これでお別れだ。

脱がされ乱された衣服を正し、麻衣子は間宮の部屋を後にする。

間宮の家を訪れる数時間前、麻衣子は編集部に立ち寄っていた。

「――は？」

突き出された辞表を前に、倉田は咥えていた煙草を口からこぼしそうになっていた。

「意味が、わからんぞ。辞める？」

「はい」

「間宮先生の原稿は」

「私にはもう手に負えないと判断しました。担当を替えてください」

「……それは百歩譲っていいとして。なんで辞めんの？」

「願いが叶ったので」

「まだこれからだって、俺言ったよな？」

「ごめんなさい、編集長。……ピンとこなかったんです。入社した頃に言ったように、私は、間宮先生の書くお話が埋もれてしまうのが我慢できなかった。だから編集者になって、彼の作品を世に出すことができればって」

「そりゃ、確かにそう言ってたけど」

「本当は、彼が新人賞を獲ってデビューしたときにそれは叶っていました。でも、欲が出ちゃって。もっとたくさんの人に読まれて、認められてほしいって、願ってしまって」

「……それももう叶ったって？」

麻衣子は頷く。間宮の作品に与えられた賞は一般の知名度も高い文学賞だ。大手書店チェーンに貼り出される売れ筋ランキングでも、取次ぎと呼ばれる卸《おろ》し業者が発表している数字を見てもよく売れていることがわかる。各所に書かれている書評の評価も高い。これ以上何を望むことがあるだろうか？

「腑《ふ》に落ちないな」

倉田は探るような目で、立ったままの麻衣子を眺めながら言う。

「……そうですか？」

「叶ったから、なんだ？　叶って良かったじゃないか。そんなもん、続けりゃいいじゃねぇか。辞める理由がどこにある？」

「……」

辞表を受け取ってもらえそうになくて、麻衣子は、きちんと全部話そうと考え直す。ただでさえ、ここまで倉田にしてもらったことを考えると辞めるのは不義理だった。

まっすぐに倉田の目を見て、麻衣子は言う。

「逃げたいんです」

「……何から？」

「間宮先生から。今すぐ、先生の前から姿を消したいんです」

「それはまた……なんでだ」

「そのほうが、彼はずっと素敵な物語を書けるから」

「……お前」

話が繋がりだしたらしい倉田の顔は、ただただ驚いている。無理もなかった。「どうしても彼の本を世の中に出したい」という、麻衣子の最初の要求にはまだかわいげがあっただろう。だけどもう一つは、かわいげがない上に愛もなくて、笑えない。

倉田は口の端を歪めて笑い、麻衣子の手から辞表を受け取った。

「最高の編集者だよ。お前は」

「ありがとうございます」

麻衣子は初めて倉田と会ったときのような、愛想のいい笑顔を浮かべる。

お世話になりました、と深く頭を下げて編集部を後にした。


一歩編集部を出た途端に、今出てきた部屋の中から声が聞こえてきた。倉田と、先輩編集者の声だ。

「残念でしたね倉田さん」

「あ?」

「初めて女の子のこと好きになりかけてたのにねぇ」

「てめっ」

そんなやりとりが聞こえて、いやそれは知りたくなかったですよ、と心の中で麻衣子は苦笑する。過去、倉田へのハニートラップに体を差し出すことは厭《いと》わなかったけれど、あの時もしも倉田に抱かれていたなら今頃後悔したかもしれない。この体は、間宮しか知らなくていい。

「……恋だなぁ」

恥ずかしい。好きすぎて恥ずかしい。自分じゃないみたいだ。画策しまくったことのオチが自分も恋に落ちました、なんて馬鹿みたい。下着まで新調したりして、ほんと、馬鹿みたい。突然の自分の乙女具合に寒気がした。自分のことを精一杯なじりながら、この後のことを考える。

――結局、抱かれることはなかったけれど。それもそれとしてエンディングにはふさわしい。間宮のせつない官能小説。現実も同じような終わりを迎えるというのも感慨深かった。

間宮の家を出たあとは、携帯ショップに行って使っている番号を解約した。これで間宮と麻衣子の間には何の繋がりもない。なんて薄っぺらな関係！　……と一度間宮の前から姿を消したときと同じことを思って、虚しい。自分はあの頃から何も変わっていない。むしろ、前の時よりも弱くなったのかもしれない。だって寂しい。

……今思ったことはなし！　と首を振って、束の間のセンチメンタルを振り払った。最後にみどりの家に向かう。突然担当をはずれることを切り出せば、みどりは怒るだろうか。〝ふーん〟とだけ言っていつも通り紅茶をすするんじゃないかな、と麻衣子は予想している。

☆ 運命の発売日

時計を確認すると朝の九時半。うーん、と伸びをして、ぱたりとそのまま後ろに倒れる。自分の家の見慣れた天井が視界に広がる。麻衣子は息をついた。原稿に行き詰まったとき、誰かはよくこんな風に無防備に倒れていた。ガラ空きになった横腹を思い切りくすぐりたい誘惑によく駆られたものだ。それももう過去のこと。

麻衣子が再び間宮の前から姿を消して半年が経った。

勤めていた出版社を辞め、フリーの編集者として児童文学の出版社の手伝いをしている。今、持ち帰った原稿の校正をしているところだった。官能小説から児童文学。百八十度の方向転換で、それでも編集を仕事に選んだのは、単純にこの仕事が好きだからだろう。出版社を辞めたとき、間宮の本を編集するという目的を失って、麻衣子は自分には何も残らないのではないかと思った。大学生の頃からすべてを捧げてきたものを自分から取り払って、それで一体、何が残るのか。結果、それは本だった。当たり前と言えば当たり前のことで、そもそも間宮を見つけたのも、麻衣子が本を好きだったからに違いない。

次のステージとして児童文学を選んだのは正解だった。「生まれてきてよかった」「人生はすばらしい」そんな肯定感を読者に与えるための児童文学は、麻衣子にもそれを与えてくれた。

これで、よかったのだと。今までしてきたことは何一つ無駄にはなっていない。間宮にはひどいことをしたけれど、彼は世の中に実力を認められる作家になった。麻衣子も、最初の目的は違えど編集職に就いたことで、今もこうして仕事をもらい、自分の好きな本に携わりながらお金をもらって生活している。麻衣子は今の仕事にも、一つ一つ心を砕いて取り組んでいた。——いつもは、そうなのだ。仕事は好きだし、周囲からも驚かれるほどの集中力で仕事に取り組んでいる。いつもは。

でもさっきから、まったく集中力がもたなくて困っていた。まだ床に仰向けに倒れたままで、麻衣子は思う。校正には集中力がいる。目が文章の上を滑ってはいけない。きちんと自分の中で嚙み砕いて、わずかな違和感をも感知して矛盾や誤字を見つけ出さなければならない。集中できない理由は、わかっている。今日よりも前から、一週間以上も前から、麻衣子はずっと今日のことを思ってそわそわしていた。

今日は間宮の本の発売日だ。受賞後一作目となる作品。間宮と麻衣子が二人で行き詰まった作品。それが今日、書店に並ぶ。

「……はぁ」

何のため息だ、と心の中で自分に突っ込む。別にネットで注文したってよかったのだ。それでも何となく、発売日に書店で並んでいるその本を手に取らなければならない気がして。それが自分の中で、本当の終わりの儀式になる気がしていた。朝の九時半を少し過ぎたところ。最寄りの書店が開店するのは朝十時。家から書店までは徒歩十分。まだ家を出るには早い。こんなにそわそわする発売日は久しぶりだった。

こんな状態で校正なんてできるわけがない。本を買ってしまえば二時間はそれに没頭してしまうから、少しでも進めておきたかったのに。麻衣子は諦めて、校正途中の原稿を封筒の中に入れ、机の引き出しの中にしまった。

開店まであと二十分。あの日、結末だけ麻衣子が勝手に書き足したあの原稿が、どんな形で完成しているのか。受賞作よりも面白いものにできたのか。いくらでもそれについて考えることができた。

あと十五分。ちょっと早いけど、もう出てしまおう。傍に用意していた鞄をひっつかんで、麻衣子は家を出た。

十時までにはあと数分の時間があったが、最寄りの書店は既に開店していた。駅前の二階建てビルの一階に入っている書店は、個人経営の町の書店の割には広く、開店前だというのにちらほらとお客が見られた。お目当ての本は、入ってすぐの新刊コーナーに。一番目立つ書棚のエンド台にずらっと平積みにされている。店長の手描きと思しきポスターには『日本恋愛小説大賞受賞、間宮和孝。衝撃の新作！』とデカデカと書かれている。

まぁまぁ、そんな宣伝文句になるだろうなと思いながら、一冊を手に取る。単行本の独特の重さ。堅い装丁。表紙のデザインは先にネットにあがっていたのを見ていたが、意外だった。受賞作の表紙が写真だったのに対し、今回はイラストだったから。ベンチの端と端に男女が、お互いから最大限離れるようにして座っている。『最後のディスタンス』というタイトルを表しているんだろう。帯には『ラスト数ページ、すべてを裏切る衝撃の結末』と書かれている。

まぁまぁ、そりゃね、と麻衣子は思う。あれだけの紆余曲折《うよきょくせつ》で、抱いて抱かれてやっと幸せになれるかもしれない、そんな最後に彼女が選んだのは〝さようなら〟なのだ。読んだ人は裏切られた気になるだろう。……読者から怒られはしないだろうか？　そんな結末。そこは、物語を美しく収束させる間宮の筆力に期待したい。そっと本を持って、レジへと向かおうとした。そんな時だ。

「あ」

咄嗟にどこかに隠れようとしたが、ばっちり鉢合わせてしまってもう遅い。麻衣子が手に取ったその下の本――それも勿論間宮の新作を、手に取った男は目をぱちぱちさせて麻衣子を見ていた。

「……びっくりした。すっごい久しぶりの、折橋さんだ」

「ご無沙汰しております……」

スーツ姿の司馬に向かって、深々と頭を下げる。出版社を辞め、間宮の家を後にしてみどりに挨拶に行ったあの日、実は司馬には挨拶できていないまま半年が経っていた。

「うわぁ、もう、びっくりしたなぁ。何。折橋さん今どうしてんの？　出版社辞めちゃったんでしょ？」

「ええ……」

相槌だけ打って質問には答えない。こんなこともあるかもしれないと思ったから、本はすべてこの店でだけ買っていたのに。まさか司馬がここに現れるとは。麻衣子は偶然を呪う。

「突然いなくなっちゃうし、和孝も連絡とってないって言うし。……仕事中って感じじゃないね？　ここで本買ってるってことは折橋さんちこの近くなの？」

「……」

猫の、被り方……。必死に思いだそうとするけれど、言葉が出てこない。顔もつくれない。プライベートを明かしたくないとやんわり伝えられればそれでよかったのに、どうもうまくいかなかった。唯一の武器は失ってしまったらしい。

「そんな露骨に嫌そうな顔しなくても……！」

麻衣子の顔を見た司馬はショックを受けたように大袈裟にそう言った。それから、察しのいい大人の顔をして、続ける。

「……ま、別にいいけどね。そこまで折橋さんの個人情報興味ないし」

「！」

いつでも爽やかな笑顔を浮かべていた司馬が、とてもそっけない顔をした。たぶん麻衣子が見る限り初めて。自分と同じ人種だとは知っていたけれど、あまりの切り替えの早さに思わず感心する。

いや、感心してる場合じゃない。

「……あの、ここで私を見たってことは」

「黙ってたらいいんでしょ？　和孝に。いいよ別に。俺も偶々仕事の立ち寄りでここ通っただけだし」

「それは嘘ですよね」

「……」

思わず指摘してしまった。

「発売日だから、仕事先から一番早く寄れるこの書店に来たんですよね」

「……まぁね」

司馬は手に取った間宮の本を見せて照れ臭そうに笑った。

麻衣子は司馬が苦手だ。自分と同じ、上手に世の中を渡ることに特化した人種だと気付いていたから。けれど一方で同志でもあった。間宮の才能に、もしかしたら麻衣子よりも先に気付いて、彼をサポートしていた。きっと気持ちは一緒だったんだろうと思っている。

「……和孝は元気か、とか、訊かないの？」

司馬は穏やかに笑ってそう訊いてきた。麻衣子は即答する。

「訊きませんよ」

「そう」

「書いてる限りは、元気でしょ」

「そうかな。病床でも小説は書けるし、脱稿から出版まではタイムラグがあるよね。その間に事故に遭う可能性はあるんじゃない？」

「不安を煽ろうとしたって駄目です。仮にそれが本当だとして、そんなことで会いに行ったりしません」

「そんなことって、きみね……」

ほとほと呆れた顔になった司馬は、まぁいいやと息をつく。

「いつまでそうしてられるかな」

「……え？」

「俺もだけど、きみも。いつまでも人を意のままに操れると思わないほうがいいね、きっと」

「どういう意味ですか？」

「嵌められた顔をして企んでる人間が一番怖いってことだよ」

「……どういう意味です？」

司馬の言葉はますます理解できなくなって、麻衣子は同じ質問を繰り返してしまう。彼はもう答えてくれる気などなさそうで、「お会計してこよーっと」と不自然に明るい声を出してレジへと行ってしまった。

「……なんなの、一体」

麻衣子は不審に思いながら、自分も間宮の本を買おうとレジへと向かう。既にちょっとした列になっていたレジで、司馬は麻衣子を振り返った。

「あ、そうだ折橋さん」

「はい」

「ここで会ったこと和孝には黙っとくからさ」

「はい？」

「えっちしない？」

「……ははっ、さいてー」

自分でも驚くほど乾いた笑い声が出た。ですよね、と言ってあっさり前に向き直った司馬は、本当に読めない。

何度誘われたって答えは同じだ。もう随分と長い間、たった一人しか欲していない。それはこの先も変わらないような気がして、もしかしたら自分は、もう女としての悦びを享受することなく生きていくのかもしれない。

まぁ、それでもいっか。不思議と麻衣子の気持ちは軽かった。そういえばみどりの小説の中にもこんな話があった。女はたった一回の男性経験を、後生大事に抱えて生きていく。それはそれは美しく高尚なフィクション。体現して生きていけるというのなら、それもいい。

書店の前で司馬と別れて、麻衣子はまっすぐ家に帰り、早速買ったばかりの本を読み始めた。――本を開いたその時、麻衣子はまだ、間宮の仕掛けた罠に気付いていなかった。

☆　この物語の顚末

インターフォンを押すと、ドアの向こうにピンポーンと間延びした音が広がるのが聞こえた。数秒待って、ガチャリとドアが開く。

「よぉ」

白のシャツに黒のカーディガン。眼鏡を変えたらしい。前よりシャープになった気がする印象に麻衣子は内心戸惑った。対して間宮は、顔を合せるのは半年ぶりなはずなのに、特に驚くことなく自然に麻衣子を迎え入れる。

「……なんなんですかあれ」

麻衣子は玄関に入るなり早速本題をぶつける。どんな顔をしていいかわからなかったので、少しむくれたような顔になってしまった。

「何って？」

「新刊」

「今日発売なのにもう読んだのか」

時刻は夕方六時半を過ぎた頃。午前十時の開店にあわせて間宮の新刊を入手した麻衣子は、午後にはもうその本を読み終えていた。それからもう一度読み直して、悶々として、居ても立ってもいられなくなって今に至る。

「読みました。最後まで。……なんなんです本当に。一体、何考えてっ……」

「気になることがないと麻衣子はもうここに来ないだろうなと思って」

「……折橋さんです」

「そう呼ぶ理由は、もうないな。お前はもう俺の編集担当じゃないだろ」

突き放された？　と麻衣子が一瞬傷つきそうになる言葉を放ちながら、間宮は麻衣子を仕事部屋へと通す。麻衣子は鞄を降ろして、それでも気を抜かず、畳に正座する。

「コーヒーでいい？」

「お構いなく。コーヒーはいいので……先生、こっちに来て、ちょっとお話しさせてください」

「はいはい」

気安く返事して、間宮も仕事部屋に入ってくる。正座の麻衣子の正面に胡坐をかいて座る。麻衣子は鞄の中から今日読み終えたばかりの新刊を取りだして畳に置き、間宮の前に突き出した。

「訊きたいのは結末のことです」

「うん」

「私は、物語のオチとしてあの一文を書いたんです」

麻衣子はあの原稿に〝さようなら〟と書いた。ヒロインが最後に出す結論は〝さようなら〟。自分が書いたんだから結末は知っている。そう思っていたから、麻衣子は小説を最後まで読み切ったときに面食らった。

「お前が加えた一文は採用させてもらったよ。物語の終盤、二人は別れただろ？」

「でも……」

二人は確かに別れていた。ヒロインが終盤、さようならと言ったとき、麻衣子はそれが自分の書いた一文であるにも関わらず、胸がぎゅっと絞られた。自業自得だと思った。この結末は麻衣子が自分で選んだものだ。そう思って、飲み込もうとした。それなのに。

「でも……二人は再会したじゃないですか」

「うん」

刊行された間宮の小説で、確かに二人は別れていた。女は一方的に姿を消して連絡がつかなくなり、男は何度も女を思いだしては夢で抱いた。もう二度と会うことは叶わない——と、読者は思わされる展開。しかし最後の数ページで、唐突に女は男の元へ帰ってくる。男はそれに驚く演技をしながら、女に「お帰り」と言った。

麻衣子が面食らったのはその理由だ。

「さよならさえも、二人で計画したものだったって」

「うん」

「たった一回、最高のセッ……セックスをするために、わざと距離を置いたんだって」

「そうだよ。そうだろ？」

「んなわけないでしょう！」

やっぱり間宮は、ヒロインを麻衣子に重ねて書いていた。そうだろ？　と言われて確信した。もう二度と会えない寂しさを――最後に、覚えてもらおうと別れを決意したのに。それをこんな。こんな……馬鹿なカップルの、プレイの一部であるかのように！

怒りと恥ずかしさで気が立っている麻衣子は、自分を落ち着けようと一呼吸置いて、声を抑えて話し始めた。

「……もう、とっくに気付いていたかもしれませんけど。私の一連の行動は、全部あなたに小説を書いてもらうためのものでした」

「……ふーん？」

「真面目に聴いてください」

「聴いてるよ。続けて？」

「……大学生の頃、あなたにちゃんとした恋愛小説を書いてほしかった。ずっと考えていたんです。どうしたらこの人の文章が生きるだろうって。どうしたらこの人は、本物の切なさやじれったさを覚えるだろうって。だから、あなたに近づいた」

「かわいかったなー。あの頃の麻衣子はほんとあざとかった……。こうすれば男が喜ぶって仕草も言葉も全部わかってるって感じで、ほんと、今以上にあざとかったわ……」

「……」

そういう風に語られると、麻衣子はどんな顔をしていいのかわからなくなる。確かにあざとかったのだ。全力で好かれようとしていたのだから。

「それで?」

「えぇっと……私は就職して、あなたは就活が始まって。行き詰まりましたよね。投稿しても結果が出なくて、どうしても、胸に切に迫る描写が書けなくて」

「……そうだったな」

「だから別れました。失恋は想像では書けないと思ったから」

「それはなんとなくわかってた」

「……わかってた?」

さよならの日にしたセックス。あの時、間宮の上に跨りながら別れてと言った麻衣子に、彼は本当にわけがわからないと怒っているように見えた。

「うん。知ってたよ」

「……」

「だって、一緒にテレビ見ただろ。音楽番組。せつない歌を作るために本当に彼氏と別れたってインタビューで答えてたやつ。……それを麻衣子、食い入るように見てたもんな。すごいマジな目ぇして。〝あぁなんか嫌なこと考えてるんだろうなー〟って、思ってたよ。まさか本当に別れられるとは思わなかったけど……」

「……」

「それに麻衣子、泣いてたし」

「……泣く？　私が？」

「最後にセックスした後」

「…………起きてたの？」

「うん」

知らなかった真相に、くらくらしながら。それでも麻衣子のしたことに変わりはないし、この最低な物語には続きがある。

「でもお前は、また俺の前に現れた」

「そうです」

「どうして？」

「……失恋だけで、お話は書き続けられないでしょう？」

「うん？」

「あなたの今の作風の魅力は、決して相手に触れられない渇望や切望とか、そのリアルさじゃないですか？」

そう言って間宮の顔をちらっと見ると、彼は目をぱちぱちさせてから、あぁ、と言って顔を歪める笑い方をした。

「俺に賞を獲らせるために別れて、それでも飽き足りずにじれた小説を書かせるために傍にいたのか」

「……」

「最高の編集者だな」

嫌味を多分に含んだその言葉に、背筋が凍った。嫌われたって今更なのに、何を恐れているのか。自分を諦めさせるように自嘲の笑みを浮かべる。

「……軽蔑した？」

「……」

「私のこと、怖くなったでしょう？　自分でも怖くて嫌になるの。人の心までも計算して、意のままにすべて動かしたくなるこの頭が。それができてしまうこの手が」

「……そりゃあお前は、やることはあざといし、すぐ人の知らないところで何か企むどうしようもない策略家だけどさ」

気付けば間宮は、麻衣子の顔を覗きこんでいた。正面から。

「でも、帰ってきたじゃないか」

俺のとこに、と言って、優しく笑う。不意打ちのその笑顔に麻衣子は、うっかり泣きそうになって慌てて言葉を繋いだ。

「それは……だからっ。間宮が私に未練があるって知ってて、それで……。もどかしさとかが、書けるようにって」

「一緒にいてくれるならなんでもよかったんだ」

そう言って間宮は麻衣子の頭を撫でた。その感触に、全身が反応する。

「昔も今も、何か謀ってるんだろうなっていうのは漠然とわかってて。でもそれでも良かった。近くにいてくれるんなら何だってよかったんだよ」

恋を教えて、奪って、ちらつかせてじらしたら、彼は一人前の作家になった。

その意図に気付きながら〝傍にいてくれるならまぁいっか〟なんてそんなことがあるだろうか？　本当に？

麻衣子が戸惑っていると、優しく頭を撫でていた手は急に取り払われて、間宮の声は厳しくなる。

「それなのにお前は、またいなくなった」

「……うん」

「新人賞獲ったら俺の前に現れて、大きい賞獲ったらまた消えて……今度は俺が何をしたら、お前は戻ってくるんだ？」

「……もう戻らない。これ以上大きな賞なんて今はないでしょ？　あとは間宮が書き続けるだけ」

「何度俺を試したら気が済むんだよ……」

「ずっと」

「……」

「間宮が書き続ける限り、ずっと。生きてる限りずっと。私は間宮に期待してしまうの。好きなの。あなたの書くものが、自分のことよりも間宮自身よりも。愛してるの」

それを聴いた間宮は、深く息をついた。

間宮の作品に懸ける麻衣子の想いがこれほどとは、流石に彼も知らなかっただろう。けれど間宮は、それさえもすべてわかっているかのようなことを言った。

「……そう、なんだよな。折橋麻衣子はブレないんだよ。ブレないから、困ってたんだ。前にいなくなった時も、今回も……お前に別れを選ばせた小説に嫉妬した。たぶん俺は、お前に、選ばれたかった」

頭を垂れてそう打ち明ける間宮の声は、今までに聞いたことがないほど切実で。麻衣子は今まで自分がしてきたことの残酷さを痛感する。間宮が麻衣子の意図に気付いていたならなおさら、それは彼を傷つけていたに違いない。悲痛な声で打ち明けた間宮の頭に、そっと手を伸ばそうとしてひっこめる。謝ってどうする。許されようとしてどうする。自分が小説を選んだのは事実だ。

触れられず迷っていると、間宮は言った。

「……でも、ほんとに折橋麻衣子はブレないのかな？」

「……え？」

ついさっきまでの悲痛な声が嘘のように、その声はあっけらかんとしていた。顔をあげた間宮の目には悲しさなんてない。まっすぐで強い光を宿して、麻衣子の目を射抜こうとしている。

「麻衣子はほんとにブレないのかなって。可能性を感じたのは、麻衣子から俺にキスしてきたとき」

「っ」

それはすべてをちょっとずつ狂わせていったキスのこと。

「麻衣子が本当に、小説を書かせるためだけに俺の傍にいたり離れたりしてたって言うなら、きっとあのキスはなかった」

「そ、れは」

「だとするとさ。他に理由があるんじゃないかって思うよな。少なくとも、小説を書かせるためがすべてだとは信じなくてもよさそうだ。他に理由があるとしたらたとえば――、〝焦《じ》らしてる〟とか」

「……馬鹿ですか」

「小説を書かせるためにまた俺の前からいなくなったなんて、そんなことはこれっぽちも信じてないんだよ。……だから創作したんだ。麻衣子が離れていった理由なら、俺がもう書いた。この小説に」

そう言って間宮は麻衣子が持ってきた本を指さす。

「違っ……」

「本当に、違うって言えるか？　これは丸きりのフィクション？　……これが現実になってもいいって、そう思わなかったか。そう思うから、ここまでわざわざ文句言いに来たんじゃないのか」

抱かれにきたんだろ？　と彼は意地悪く笑った。その笑顔に、やられた、と思う。確かに麻衣子は、小説の結末を無視することができないでここへ来た。無視できなかったのは、なぜか？

「……ずるい」

「小説の中の二人は知ってたんだよ。お互いが欲しくて身を焦がしあうほど体の中で持て余している欲望を、どうすれば最高の形で快楽に変えられるのか」

　そのための七年間だっただろ？　と笑う。間宮が、麻衣子のさよならの理由を書き換えた。長い間、麻衣子が謀略の限りを尽くして作りあげた茶番劇を、本物の茶番に変えてしまった。たった一回最高のセックスをするため？　……そんなの。

「馬鹿げてる」

「馬鹿なもんだろ恋してるうちなんて。どうせ自分も相手もお互いを好きなんだろうなぁって思えばさ、さよならさえもスパイスだ。悪趣味なプレイだよ」

　そう言いながら間宮は、額を麻衣子の額にくっつけてきた。この部屋で原稿を広げて、前髪が触れる距離をずっとふわふわと漂ってきた。それをきっちりとくっつける。間宮の瞳の中の自分が、くっきりと見えた。

　——馬鹿げてる。そのために七年もなんて頭おかしい。人が必死で画策して奔走してきた七年を、よくもそんな……と憤慨してみても。そういうことにして、ぜんぶ、許してくれると言うのなら。ブレてみてあげても、いい。さっき読み終えたばかりの本から、最後のページの女のセリフを思い出す。

「……〝久しぶり。抱かれにきたわ〟……間宮」

　言ってみたセリフは、思った以上に陳腐で。麻衣子も既に半泣きだから、どうにも決まらない決めゼリフになってしまった。間宮は至近距離で、そんな麻衣子の顔をおかしそうに笑いながら、小説の中の男と同じように大げさに言う。

「〝まさかまた会えるなんて。どれだけ、きみを想って焦がれていたか！〟……だから俺はもう、我慢の限界なんですよ、麻衣子サン」

キス。額を合せたところから自然に、ちゅっと音をたてて軽いキスを落としたあと、今度は頬へ。そのキスを皮切りにして二人は、折り重なって畳へと崩れていく。食べるように麻衣子の首筋に噛みついた間宮は、全身の形を確認するように両手でたくさん触れながら、麻衣子に数えきれないほどのキスを落とした。

「んんっ……間宮っ……」

「はぁっ……これから、死ぬほど勿体ぶってきた分をするんだ。……簡単にイけると思うなよ」

「んっ」

耳元で囁かれた言葉に果てしない欲望を垣間見て、麻衣子は背筋を震わせる。服を捲り、お腹から丁寧に触れてくる指先の温度と、上から見下ろしてくる意地悪な顔に、密かに心をときめかせた。それは大学時代の、ひたすら甘く抱き合っていた頃を彷彿《ほうふつ》とさせる。

「麻衣子……」

あの日見つけた地味な男の子が、まさかこんなに綺麗な顔をしているなんて思いもしなかった。大人になってこんなに色気が出るとも、思わなかった。「抱かれたい男」ランキングに入ってるなんて未だに嘘だと思っているし、またこの体に抱かれるなんて、未だに、夢だと思っているし。

　そろりと間宮の首に腕をまわす。ふ、と間宮が笑って、ついばむようにまたキスをした。ただただ甘い。その反面。優しいキスは、じれる。

「ん……あ、はぁっ……。間宮……」

「なに？」

「なんでそんな余裕なの……？」

「余裕なわけあるか」

「だって。久しぶりなのにあんまりがっついてないし……ゆっくりするから」

「久しぶりだから我慢してるんだろ……。俺だって、今挿れたら、麻衣子の中壊すまで腰止まらなくなるよ」

　言葉だけなのにゾクリとする。それだけタガがはずれてしまってもおかしくないくらい、お互い我慢してきたはずだから。麻衣子も言わずにはいられない。

「……壊してよ」

　囁くと間宮は、せっかく我慢しているのにと苛立った顔をした。

「ブチ犯すぞ」

「いいよ」

「……勘弁してくれ本当に」

「めちゃくちゃにされたいの」

「……」

「いっぱい、酷くもされたいし、優しくもされたい」

「……なんだそれ。矛盾してる」

「わかってる。でも、とにかくいっぱい……いっぱい、めちゃくちゃに愛されたい」

「わかったから」

正直に打ち明けると間宮はくすぐったがるように少し顔を赤くして、麻衣子にキスをした。忍び込んだ舌が歯列をなぞって頬の粘膜を舐めあげる。やんわりと触れていた大きな手のひらが、感触を確かめるように強く乳房を揉む。

「あ……んぅ……」

甘い吐息が漏れて、それさえも間宮が唇で受け止めて飲み込んでしまって。

「はっ……」

離れていった唇に、唾液の糸。見上げると間宮は欲情に目を細めてもどかしそうにしていて、その表情に麻衣子の全身がさざめいた。

欲しい。欲しがられたい。欲しい。

行ったり来たりする欲望の中で、これから始まる甘美な時間を期待して脚の間が疼く。

間宮は性急な手つきで麻衣子の服を下から大きく捲って、露わになった色白の双丘にむしゃぶりつこうとした。その時。

インターフォンが鳴った。

「……」

前にもこんなことがあったなと思いながら麻衣子は、自分の胸の谷間に顔を埋めている間宮の様子をちらりと伺う。すると彼はげんなりとした声でつぶやいた。

「嘘だ……」

ピンポーン、と二回目のインターフォンが鳴る。嘘ではない。

「……司馬さんですかね」

さすがに麻衣子も今回は、出ないと！　と言いだせず、間宮の首にまわした腕を解けずにいる。ものすごく良い雰囲気だっただけに、これで中断というのも……。

「……麻衣子、ごめん」

ピンポーン、と三回目のインターフォンが鳴るなか、間宮は唐突に謝りだした。

「え？」

「鍵締めた覚えがない……」

「……」

間宮の申告通り、玄関のほうからガチャッとドアが開く音がして、「和孝ー？」と司馬の間延びした声が響いた。今にも突撃してきそうなその声に、間宮は名残惜しそうに麻衣子の胸から離れ、剝き出しにされていた体を隠すように服の裾を下ろす。

「……」

「……」

二人は視線だけで会話して玄関へと向かった。

「あれ？　折橋さんだ」

やってきた司馬は午前中に書店で会ったときと同じスーツ姿で、両手に夕食の材料らしき食材が入ったスーパーの袋を提げていた。

「司馬さん」

「なんだよもー、和孝には黙っててって言ったくせに会いに来てるんじゃん」

せっかくちゃんと秘密にしようと思ってたのに、と言いながらスーパーの袋の中身をテーブルに並べていく司馬に、もう一度声をかける。

「司馬さん」

「うん？」

「死んでください」

「えぇっ！」

前回は間宮に言われたことを今回は麻衣子に言われて、さすがに司馬も衝撃を受けていた。

「えっ、さすがに猫脱ぎすぎでしょ！　折橋さん、目が据わってる……！」

「麻衣子、黙ってててって言ったって何？」

「そして和孝は目を合わせてもくれない……」

「今日、たまたま書店で鉢合わせたんです。ここで会ったことは黙っておくから、えっちしない？　と誘われました」

「ふーん？」

「ちょっ、ちょっと待って二人とも！　折橋さんは和孝煽んのやめて！」

そうは言われても誘われたのは事実だ。間宮と麻衣子は散々司馬をいじめぬいて、その後司馬はしょんぼりとしながらキッチンに立った。彼は彼で、善意で間宮に夕飯を振る舞いにきているのだから、よくよく考えるとかわいそうではあった。それにしたってタイミングが悪すぎる。

「麻衣子」

手持ち無沙汰だったので、司馬が使った調理器具を洗うくらい手伝おうかなと腕まくりをしていると、間宮に呼ばれる。

「なに？」

「こっち来て」

促されるままにまた仕事部屋に戻った。そこで間宮はプリンターから印刷した原稿を取り出し、畳に広げる。麻衣子もそれにならって座り込んで原稿を眺めた。

「……これは？」

「次の作品の初稿。今の担当さん、褒めてはくれるんだけど厳しい意見はなかなかもらえなくて。冒頭だけでもいいから読んでみて」

「でも、私もう担当じゃ」

「わかってるよ。でも俺は、折橋さんじゃなく麻衣子の意見が欲しい」

「……仕方ないなぁ」

必要とされているみたいで、渋々引き受けたように言った口元が緩んでしまいそうだった。間宮の新しい原稿は粗削りながらも奇抜な設定で、次のページが気になる仕掛けがふんだんに仕込まれている。冒頭数ページを読んで、ちらっと間宮を見る。静かで深く吸い込まれそうな目と視線が絡んだ。

「……どうした？」

「あ、いや……。厳しい意見を求められてるのは、わかってるんですけど。今のところすごく面白いなと思って……」

ただ面白いというか、それよりも。本当に抱いた感想は言わずに隠していると、間宮が切り込んできた。

「これ、今回のこの男――ちゃんとどきどきする？」

「っ」

それはまた前髪が触れる至近距離で。今までの作品でも間宮はそれを気にしてよく麻衣子に尋ねてきた。でも今回の原稿の中の男は、特に。

「……うん、どきどき、す」

する、と言い切るより前に間宮が麻衣子の口を塞いだ。司馬がいるからだろうか。一瞬だけで唇は離れていって、間宮は、にっと口を横に引いて笑って言った。

「良かった」

「……」

時間が止まったような気がした。部屋のすぐ外では司馬が今日も料理を振る舞おうとテキパキ支度をしてくれている。それなのに、至近距離でじっと見つめあうとお腹の底が熱くなってどうしようもなくなる。

「……そんな目で見られると我慢きかないんだけど」

「……」

麻衣子は何も言わないかわりに、見つめるのをやめない。いつか間宮の悪戯で、司馬がいるのに指を挿れられて怒ったことがあった。その時と状況は何も変わらない。司馬が少し移動して仕事部屋を覗けば何もかも目撃されるのに。それでももう、抑えがきかなかった。

今すぐここで抱いてほしい。

「物欲しそうな顔してる」

間宮が嬉しそうにして麻衣子の頬を拭うように撫でる。触れられたところから発熱して、麻衣子の頬は真っ赤になってしまっているのではないかと思うほど。

「……欲しいわよ」

「何が？」

「……」

「麻衣子。……何が欲しいのか言って」

あぁ司馬さんいるのにな。耳に唇をつけて囁かれたら、もういいかな、なんて思ってしまう。

欲しいもの。何年ぶりかに触れる体はどんなものだろう。触れない間、いつもそこにあった、私のもの。

「――――」

そっと間宮の耳に唇をつけて囁き返した。今？　と訊かれたのでこくんと頷く。そうしたら間宮は、りょーかい、と言ってちゅっと麻衣子のこめかみに口付けた。

「さっきのでこんなに濡れてたんだな」

耳元で、麻衣子にしか聞こえないくらい小さく声を絞って間宮は言った。服はお互い着たまま。麻衣子のショーツを膝上までおろして蜜が溢れだす穴に指を二本沈めると、間宮は、白い太腿にキスをする。

「……っ、ん……ふっ……」

キッチンから水を流す音と何かを刻む小気味いい音がするのを、敏感に聴覚が捉える。その音よりも自分の声が大きくなってはいけないと、手で自らの口を塞いで声を喉奥で殺そうとしていた。間宮も、自分も、バレてもいいと思っているんだろうか。気付かれるのなんて時間の問題なのに。……そうじゃない。きっと何も考えられていない。

間宮は麻衣子がこらえられる声の限度など無視して、もう充分にほぐれた麻衣子の中を執拗《しつよう》に指で掻き回す。人差し指と中指を激しく出し入れして犯しながら、そのすぐ上で密かに起立していた陰核を舌で嬲った。

「ん……！　っ、間宮、それ、だめっ……ぁ」

小さな声で精一杯抗議するも、間宮の手も舌も緩められることはない。間宮は麻衣子の脚の間から様子を窺って、何も聞こえなかったかのように舌を器用に動かし続けた。

我慢して、我慢して我慢して我慢して。麻衣子が目に涙を滲ませる頃には、体がぐずぐずに溶かされていた。それでようやく満足したように、間宮は体を起こす。

「は……」

既に犯されたあとのようにぐったりとして肩で息をする麻衣子に、疲れすぎじゃないか？　と苦笑してきた。誰のせいで、と文句を言おうとしたが言葉を失う。間宮の手が彼のベルトにかかったから、それに釘付けになった。彼がズボンとトランクスをずり下げると、既に反り立ったモノが中からぼろんとこぼれ出る。前は間宮に中断されて一瞬しか見なかった。久々にじっくりと直に見たソレに、麻衣子は息を飲んだ。

「……麻衣子、見すぎ」

指摘されてぱっと視線をそらし、恥ずかしさを誤魔化しながら動揺を口にする。

「だっ……え、こんなに大きかった……？」

「そう変わらないだろサイズなんて……。昔は、これを自分の中に咥《くわ》えこんでたくせに」

「あっ……」

そう言って間宮は麻衣子を後ろに押し倒し、脚にかかったままのショーツを脱がせ両脚を自分の肩へと担いだ。露わになった蜜口に大きく膨張したソレを宛てがわれて、また息を飲む。

「ん、間宮……熱い……」

押し倒されているにも関わらず、脚を担がれていることで麻衣子からも宛てがわれている部分が見える。先走りでてらてらと濡れた間宮の先端が、同じように濡れている麻衣子の入り口をグリグリと何度も擦った。

すぐそこに司馬がいるのにこんな格好、と考えるだけで自分の中がヒクつくのがわかる。

「あっ……んんっ……」

「声、漏れてきてるぞ」

「だってっ……あ、も、擦れっ……おかしくなるっ……」

間宮は反り立つ自身のモノに左手を添えて上下させ、何度も何度もその先端を麻衣子の濡れそぼった襞に擦りつけた。その度に麻衣子の充血した肉芽が擦れて、甘く濡れる入り口にも触れて、期待でどうにかなりそうだ。早く欲しいと言わんばかりに腰が勝手に揺れて、間宮のモノを勝手に受け入れようとする。

「……すごいヒクついてる、麻衣子の中……。見ろよ、俺のにキスするみたいに吸い付いてくる。トロトロ……」

「も、言わなくていいから早くっ……！」

「はいはい」

「っ……！」

ぐっ、と麻衣子の濡れた入り口に大きく猛ったモノの先端が押し付けられる。それは久しぶりだからか、濡れてはいても麻衣子の中で抵抗を受けながら、ぐぐ、ぐぐ、と少しずつ奥へと沈んでいく。次から次へと溢れる蜜に絡まりながら、少しずつ。

不意に麻衣子が叫んだ。

「や、だっ……！」

「嫌？」

否定の声に気圧されたのか、間宮は腰を少し後ろに引いた。あぁ違う、そうじゃなくてと心の中で弁明しながら、打ち明けるべきか迷って。けれど心配そうに見つめてくる間宮は、きちんと説明しないと猛った熱をこれ以上与えてくれそうにない。麻衣子は渋々口を開く。

「……もう、長い間してないから」

「うん？」

「…………処女に戻ったみたい」

「……くくっ」

「笑わないでよっ」

「怖い？」

「……少しだけ」

「じゃあゆっくりな」

「ん……」

また少しずつ中へと入ってくる。六年ぶりの間宮の熱を感じて体中を震わせる。そんな折間宮は何を思ったのか、竿の半分までいかないくらいを麻衣子の中に埋めたところで動きを止めた。そしてゆっくりと引き抜こうとする。

「っ……何……？」

なんで？　という意味合いを強く含ませて問いかける。早く奥まで欲しいのに。怖い、それ以上に欲しい。言わんとするところを察したのか、間宮はふ、と笑った。――そして。

「ひッ……！」

一気に最奥まで貫いた。

「う、あんっ……あぁっ……！」

びくん、と麻衣子の体は大きく痙攣し、中がきゅぅっときつく締まる。

「……っ、挿れるだけでイったんだ？　えっろ……」

「いやっ、違……今、動かなっ、あぁん」

「これで動くなとか拷問っ……。っ、はっ……お預けプレイが過ぎるんじゃないか？　麻衣子……あぁもうやっぱ、腰止まんな……っ」

「っ、あぅ、んっ……あんっ！　あっ、あぁ……っ」

六年間育てられた情動で打ち付けられた腰が、麻衣子のお尻の肉にぶつかってパンパンと音を響かせる。間宮は必死に腰を振り乱しながら麻衣子に声をかけた。

「っは……麻衣子、気持ちいい……？」

「うん……ぁっ、うん……きもちぃ……ひゃんっ」

「やばいな……すぐイきそう……っ……」

子宮に、硬く大きくなった先端がごりごりとぶつかって何度も背筋に快感が走る。間宮のこめかみから伝った汗が麻衣子のお腹の上にぽたりと落ちて、肌の上に溶けこんでいく。

「あっ、あっ……！」

挿れられてすぐ達したのに、またもや達してしまいそうに腰が震えだして、麻衣子は声をあげる。

「ま……間宮っ、だめっ。また……あ、ん、またイっちゃうからぁっ……！」

喋る間にも止まらない律動に揺さぶられて、剝き出しにされた麻衣子の胸もぶるんっと大きく揺れる。

「あ、ん、イくっ……ちょっとっ、待っ……あぁん……！」

「待たない」

その言葉通り間宮は、少しも腰の動きを止めることなく突き上げ、麻衣子の胸をめちゃくちゃに揉みしだいた。間宮の細い指が麻衣子の一番やわらかな肉に食い込んで、その形を変えるほどに強く鷲づかみにする。

「いっ……あ、あ、くるっ、あぁっ……！」

裏返りそうな声が出て、びくびくっと中が痙攣するのを感じた。麻衣子はたまらず両脚を間宮の腰に絡めて、引き寄せた。

「おわ」

間宮は一瞬驚いた声をあげて、引き寄せられるままに達している最中の麻衣子の下肢にぴとりと腰をつける。麻衣子は脚でぎゅぅと間宮の体を締め付けて、息も絶え絶えに言った。

「っ」

「待ってって、言ってるっ……」

既に感じすぎで呼吸を荒くする麻衣子に、間宮は体を硬直させた。麻衣子は、やっと止まってくれたと一息つこうとして――違和感に気付く。キュウキュウと締まる麻衣子の中で間宮は――また更に大きくなって。

「……そんなに締めたら、やばい」

はぁーっと唇を震わせながら苦しそうにそう言ったかと思うと、間宮は麻衣子の片脚を抱え上げて体勢を変え、また激しく突き上げはじめた。

「だ、めっ！　あっ……あんっ！　今っ……イってるところなのにぃっ……！」

「麻衣子っ、麻衣子っ……！」

ずんっ、と重たい一撃を何度も中に打ち付けられて、麻衣子は原稿の上を泳ぐ。紙とインクの匂い。それ以上に香り立つお互いの汗の匂いで、思考はもうどろどろに溶かされていた。

「……ずっと抱きたかった。こうやって……っ、俺のこと好きでたまらないって顔見下ろしながら、ぐちゃぐちゃに犯したかったよ……っ」

うわごとのようにそう口走る間宮も、もう絶頂が近い。麻衣子はイきっぱなしで力が入らない体で、懸命に間宮の顔に手を伸ばしながら、半ば叫ぶように声を絞り出した。

「好きっ……間宮、私ずっと……んんっ……ずっと好きだったのっ……」

好きだった。すべて計画の内だと言っていたかったけれど、策士はとっくに策に溺れ、恋に溺れていた。編集者として傍にいる間だって。

クリスマスの夜にした仕事の長電話。バレンタインにチョコの代わりに届けた校正。徹夜明けにお互いには触れずに毛布にくるまって一緒に眠ったこと。恋人からはとても縁遠い三年間だったけれど。彼の書く文章と、彼自身に。恋をしていなかったときなんて一度もなかった。

「麻衣子……」

愛してる、と。付き合っていた頃にも耳にしたことがない言葉を言われ、麻衣子はくしゃっと顔を歪めて、泣いた。泣きながら喘いだ。

「んっ、あっ、あぁん……あっ、間宮ぁ」

結合部がじゅぷじゅぷと音をたてて泡を出すほどに混ざり合った中で、間宮は暴れる。

六年分を埋めるように。その分だけの快感を貪るように。

　二人は果てしない快感に襲われていた。

「っ、イクっ、あぁもうイクっ、麻衣子っ……出るっ……！　あ、ふっ……っ！」

「あぁっ……！」

　びゅるっ、と中で間宮が弾けて、精を放った。どくどくと脈打ちながら自分の中に放たれ注がれる感覚はなかなかおさまらなくて、間宮の体はしばらく震え続けた。

　二人して呼吸を整えながら、ようやく落ち着いて、間宮は深い息をつく。

「あー……」

「んっ……何……？」

「いや……」

「えっ、あ……ちょっと、動かないでっ……」

　まだ麻衣子の中から自身を抜き出さず、緩慢な動きでじれったい刺激を与えながら、間宮はぼそっと囁いた。

「俺のだなぁ、と思って」

「っ」

　さっきまで激しく情欲を打ち付けられていた子宮が、また何かを期待している。それは仕方ない。六年分なんて、何回イったってまったく足りない。麻衣子は自分は間宮のものだと、肯定するように下肢を自分から間宮に擦りつけた。そしてまた間宮は硬さを取り戻して……。

すべて終わった頃に司馬のほうを窺うと、彼はとっくにいなくなっていてテーブルに「ほどほどに」とメモが書き残されていた。

今までのすべてのことは、今日初めて、本当の意味で報われた。あの日麻衣子が画策したことよりも、その一歩手前にあった感情。

なぜ、彼の気持ちを手玉にとる必要があったのか。一度手に入れて手放して、その後付かず離れずの距離をとってまで彼に小説を書かせた理由。

麻衣子のその後の運命を決定づけたのも、放課後の部室だった。

★ 編集さんの最後の回想

世渡りが上手。

折橋麻衣子の自己評価は、その一言に尽きる。

大学生のある時点まで麻衣子は、自分の人生に小説にできるようなドラマはないと思っていた。平凡な両親の間で平穏に育てられ、平坦な人生を歩いている自分。〝平凡な人生を手に入れることが本当は一番難しいのよ〞なんて、最近読んだ小説の主人公が言っていたけれど。ドラマを求めて何が悪い。麻衣子はフィクションの世界をこの上なく愛していた。

そんな不満を抱えながら、しかし麻衣子は世渡りのうまさだけ人より優れていたために、上手に周りに溶け込んで学生生活を送っていた。

「彼氏がさぁ、絶対浮気してると思うんだよね」

文学史の講義が始まる直前、クラスメイトは急にそんなことをこぼした。

「えっ、なんで。思い当たることでもあったの？」

さして興味もないくせに。麻衣子は自分のワントーン上がった声を聞くと同時に自分をなじる。口から自然と出てきてしまう、恐らくは相手が言ってほしいと思っている言葉。

「最近妙によそよそしいんだよねぇ。明らかに何か隠してるっぽいっていうか……」

「そうなんだ……。思い切って訊いてみちゃえば？」

「もうとっくに訊いてるよー。でもいっつもエッチに持ち込まれてはぐらかされてさー……」

ん？　結局言いたかったことはのろけかな？　と心の中で思っても言わない。たぶんこの子は、本当は浮気の心配なんてしていないんだろうなと、答えに辿りついたらあとは適当な言葉でいい。

「何かサプライズでも考えてるんじゃない？　もうすぐ誕生日でしょう？」

「あぁ！　だといいなぁ。そうかもしれないと思ったら、よそよそしい態度もなんかそんな風に思えてくる！」

にこっと微笑んで返すと、ちょうど講義開始のチャイムが鳴る。助かった。

自己顕示欲と恋愛の満たされなさで、彼女も彼女で大変だな、なんて他人事のように思いながら麻衣子は、講義のテキストではなく文庫本を開く。文学史は期末の試験で一夜漬けすれば単位がとれる。この時間は毎週読書タイムだ。

隣に座るクラスメイトが、また読んでる、と笑ったのに笑い返した。こんなに面白いものを読んだことがないなんて、あなたは人生損してる！　なんて、わざわざ教えてあげるほど麻衣子は親切ではない。

間瀬みどりの恋愛小説はすごい。彼女の作品の魅力は何かと問われれば、何が一番かは迷ってしまうけれど。答えの一つはそのバリエーションだと思う。同じ人物が書いたとは思えないくらい、いろんな男がそれぞれの作品に息づく。女もまた然り。時代設定も、シチュエーションも、ジャンルですらばらばらで、ふわふわファンタジーを書いたかと思えば次作は泥沼サスペンスだったこともあった。けれど決まって、その恋は共感を呼ぶ。恋をしたことがない麻衣子にも、わかる気がする内容だった。

だから恋は間瀬みどりの小説で事足りた。周りの女子たちがリアルの恋愛に一喜一憂していたって、どこか冷めた気持ちで聞いていた。だってそんなの全然珍しくないし羨ましくもない。胸に甘く満ちる思いも、身を貫かれるような失恋の痛みも、どれもほんとはありふれた気持ちだって知っていたから。読めばわかることなのに、それを自分でやってみたいとはまったく思い至らなかったのだ。だから小説を書かせるための策略であったとしても、間宮と恋を始めようとしたことはとてつもない心境の変化だったと言える。

間宮と二人きりになりたくて部員を部室から全員追い出した。同級生に、図書館で、空き教室で、ことごとく間宮の読書を邪魔するように頼んだ。髪をかきあげる仕草を、自宅の鏡の前で研究しつくした。そんな、まるで恋に必死な女子のようなことを麻衣子が始めたのは、ある日、偶々目にした原稿がきっかけだった。

大学二年生のある日。放課後の誰もいない部室で麻衣子はその原稿を読んだ。まったく顔を見せない幽霊部員の原稿。まだ一度も顔を見ていない。同級生が入部届だけを預かってきていたので名前しか知らない。間宮和孝。

ここに原稿があるということは、持ってきたということだろうか？　文量とフォーマットを確認すると、どうやら部内誌に載せる短編小説のようだ。顔は見せないものの文芸活動をする気はあるらしい。顔を見るより先に原稿を読むことになろうとは。

（どれどれ）

不躾に置かれた原稿は、Ａ４の紙に四十文字×四十文字で印刷されていた。十数枚ほどの短編小説だった。

＊

もう何回したかわからないほど抱き合った後、ベッドで布団にくるまりながら、麻衣子は間宮にそんな昔話をした。

「衝撃的だったの、本当に。軽い気持ちで読んでしまったことを後悔したくらい。頭の中殴られたみたいなかんじだった」

「大袈裟だ。っていうか、あれを読んだのか……」

「そりゃあ部内誌なんだからいずれは読むでしょう」

「いや、まぁ、そうなんだけど……」

何故か間宮は気まずそうにしている。布団を目の下まで被って表情を隠そうとするので、布団を自分のほうへ引っ張って阻止した。

「どうして？　すごく面白かったんだってば。お世辞じゃないよ」


あの日、雑に机に伏せられていた原稿に、とてつもない未来を見た。

胸にこみ上げる筆致。それは文章力も、構成も、素人が書いたとは思えなかったからかもしれない。けれど胸にこみ上げた理由はそれだけじゃなくて。


すごく欲しいと書いてあった。すごく、きみが欲しいと。

「あの当時好きだった人のことを書いたの？　なんか、リアルでびっくりしたなぁ。こっちが恥ずかしくなっちゃうくらい」

「……」

「でも、惜しいなぁって。描かれている気持ちはものすごく切実なのに、主人公は結局〝見ているだけでいい〟って言って何もしないんだもん。そんなの嘘だって思った。そんなに好きなら見てるだけで満足できるわけがない。――その時に、間宮はもっと欲深い恋愛を覚えるべきだと思ったの。だから、私を好きになるように仕向けたのよ」

「……はぁ」

「……何のため息？」

「なんでもない……なんでもないよ」

なんでもなさそうな感じではまったくなかった。間宮は布団の中で麻衣子をきゅっと抱きしめる。すり……と脚が絡んできて、まだお互いに裸だったことを思いだすと、麻衣子は追及することを忘れてしまう。

〝正直、最初に好きになったのは顔だった。〟

そんなストレートな書き出しで始まるその小説は、麻衣子の心を深く抉《えぐ》って丸ごと持っていったのだ。

「……信じられる？　まだ二十歳になったばかりの女の子が、たまたまそこにあった原稿を一度読んだだけで、その後の人生どうでもよくなっちゃうの。それはそれは奇跡みたいなことだったのよ。あの日、部室であの原稿を読んだことは」

「大変なものを書いてしまった」

「本当よ」

くすくすと麻衣子が笑うと、間宮の空気は柔らかくなった。布団の中で麻衣子を抱きしめたまま、首筋に顔を埋めてくる。

「……麻衣子」

「なぁに？」

「もうどこにも行くな」

「……」

言われて麻衣子は、返事に困る。実際問題として、自分がいないほうが間宮はいい話を書くのではないかという懸念が残っている。裸のままくっついてくる間宮の柔らかな髪を撫でながら、黙っていた。

「俺が書くものがつまらないと思ったら、そのときはまた離れていけばいいから」

「……いいの？」

「うん。勝負しよう、麻衣子」

麻衣子の首筋から顔を離した間宮の目には、まっすぐな光。この目に射抜かれると麻衣子はどうにも、既に捕らえられている気になる。

「勝負って？」

「俺が書くすべてのものに、麻衣子が期待してくれるなら、俺はその期待を超えるよ。魂を削るみたいに、麻衣子を満足させる物語を書く」

「……プロポーズみたい」

「プロポーズのつもりなんだけど」

あまりにあっけらかんとした物言いに面食らう。だけど、冗談ではなさそうだった。間宮は強い目で麻衣子を射抜いたまま、麻衣子の手をとってその甲にキスをする。

「俺にちょうだい。人生ぜんぶ」

「……もうとっくに全部あげてるんだってば」

七年前に全部。あの原稿に魅せられて全部。その後の人生全部を投げ売るだけの価値があると思った。それが答えだった。麻衣子は応えるように、間宮の額にキスをする。

――だからこれは、そういう話なのだ。折橋麻衣子が謀略の限りを尽くし、一人の男の恋心を手玉に取って立派な作家へと成長させる、その傍らで。自分でも気付かぬうちに育てていた、恋と欲望の物語。

元恋人が担当作家で後《のち》の夫となる、ハッピーエンドの物語。

終

あとがき

はじめまして！　兎山もなかと申します。この度は『編集さん（↑元カノ）に謀られまして　禁欲作家の恋と欲望』をお手に取っていただき、本当にありがとうございます！

本作は昨年、デビュー作の出版が決まった頃から書き始めていたお話です。今回こうして蜜夢文庫様から発表することができ、ひしひしと喜びを感じております……。

『編集者と小説家』という、二人で一つのものに対してあぁじゃこうじゃ言い合って良い物を作っていく関係性が大好きです。ただティーンズラブにはもう既に『編集者と作家』でときめくお話がたくさんあって、そんな中どうすれば個性が出せるかなぁ……と悩んだ結果の〝元恋人〟設定でした。萌えませんか元恋人。一度お互いに恥ずかしい部分を（精神的にも肉体的にも）曝け出しているくせに、今はワケあって一定の距離を守って接してます、みたいなかんじに……筆者はとても萌えてですね……！　昔は好きなときに好きなだけ触れることができたのに、今は傍にあるけど迂闊に触れられない、という焦れた関係性を楽しんで書かせていただきました。ちょっとでもこの萌えを読んでくださった皆様と分かち合えましたら幸いです！

それから、お礼を言わせてください。まず、今作のイラストを手掛けてくださった赤羽チカ先生。表紙の下絵を拝見したときから「手が！」「おみ足が！」と大興奮でした……。挿絵も、ラフの段階から何度「神構図……！」と衝撃を受けたかわかりません。登場人物を先生にビジュアル化いただけたことは私の自慢です。本当にありがとうございました！

続いて、膨大な修正に根気強くお付き合いくださった担当様。思えば昨年、初めてお会いしたときに「読んでみていただいてもいいですか……？」とガクブルしながら取り出した原稿のタイトルが『編集さんに謀られまして』でした……。なかなかな図太さでいつもお手間をおかけしてすみません。今回も丁寧に見ていただいてありがとうございます！

それから、直接はやり取りさせていただいていなくとも、本作にお力添えいただいた皆様、ありがとうございます。本当にお酒注いで回りたいくらい感謝しております……！

最後にここまで読んでくださったあなた様に最大級の感謝を込めて、ありがとうございました！　またどこかでお目にかかれますように！

兎山もなか

蜜夢文庫

恋文ラビリンス **担当編集は初恋の彼!?**

高田ちさき〔著〕／花本八満〔イラスト〕　定価：本体 660 円＋税

「舐めて」長い指が口の中に……恋人ってこんなことするの!?　遂げられなかった想いを込めた一本の小説——それが結びつけた忘れられない彼。そして仮初めの恋が始まった……♡

強引執着溺愛ダーリン **あきらめの悪い御曹司**

日野さつき〔著〕／もなか知弘〔イラスト〕　定価：本体 660 円＋税

ずっと欲しかったんだ 私のカレは強引なケダモノ……学生時代に好きだったカレとの再会、そして恋に落ちた…… でもカレには実力者の娘という婚約者がいた——!?

最新刊

地味で真面目な OL 坪井亜莉沙のあだ名は「局さん」。男性恐怖症の彼女は、男性が近づくのを避けるため、周囲には遠距離恋愛中の彼がいると嘘をついている。ある日、残業をしている亜莉沙の前に、不躾で強引な男が現れ……。

❤ 好評発売中! ❤

編集さん(←元カノ)に謀られまして

禁欲作家の恋と欲望

２０１６年 ３ 月２９日　初版第一刷発行
２０１９年１０月２５日　初版第二刷発行

著……………………………………………………… 兎山もなか
画……………………………………………………… 赤羽チカ
編集…………………………………… パブリッシングリンク
ブックデザイン………………… 百足屋ユウコ＋カナイアヤコ
（ムシカゴグラフィクス）
本文ＤＴＰ…………………………………………… ＩＤＲ

発行人………………………………………………… 後藤明信
発行…………………………………………… 株式会社竹書房
〒102-0072　東京都千代田区飯田橋２－７－３
電話　03-3264-1576（代表）
03-3234-6208（編集）
http://www.takeshobo.co.jp
印刷・製本………………………………… 中央精版印刷株式会社

ISBN978-4-8019-0674-7　C0193
Printed in JAPAN